I0445841

EL ÁGORA

**linda y fatal
ediciones**

Martín Balzamo

EL ÁGORA

Balzamo, Martín
El Ágora/ Martín Balzamo;
con prólogo de Alejandro Seselovsky;
ilustración de cubierta: José Gubitosi;
ilustraciónes de interior: Pablo Caro.

- 1ra. ed. - Buenos Aires: linda y fatal ediciones, 2016.
182 p.; 20 x 14 cm.

ISBN 978-987-4096-01-2
1. Novela. I. Título.
CDD A863

© Martín Balzamo
© linda y fatal ediciones, 2016
Ecuador 919 9º B (1214) Buenos Aires, Argentina
www.lindayfataleditora.com.ar

Hecho el depósito que indica la ley 11723
Impreso en Argentina

Prólogo

[por Alejandro Seselovsky]

Fue el encuentro de dos personas, vale decir, de dos universos. Las Exactas frente a las Humanísticas, y las dos pidiendo un café en el mismo bar de la Estación Carranza –aunque yo creo que las Humanísticas pidieron una cerveza–. Fue cruzar el logaritmo con el adverbio y, con el tiempo y los encuentros, ver cómo salía de allí, del útero imposible de ese cruce, un texto, una novela.

Entre las distancias que separaban a esos dos tipos en ese bar, Martín contaba con su formación en sistemas, un incomprensible amor por los rudimentos del Squash y la necesidad de un orden que le permitiera saber más o menos cómo arrancaban sus días, más o menos cómo van a terminar. Al otro lado de la mesa, al otro lado de la vida, ya saben: yo. Sin embargo, encontré en Martín Balzamo, inesperadamente, atributos comunes, pequeñas hermandades sobre las que construir un cariño mutuo primero, una confianza de trabajo después: el fútbol fue una, la literatura fue la siguiente.

De golpe, tuve que abrirme paso en la cabeza entusiasta de un nerd constituido, comprenderla, aprender que dentro de sus líneas de programación el mundo también puede ser un lugar inquietante y maravilloso. Entonces avanzamos como se avanza siempre: como pudimos. Y nos encontramos tantas veces con la frustración del párrafo intratable, el párrafo que se pone de culo y no quiere salir porque el lenguaje es, también, adversidad y lo que está escrito no sirve y lo que se reescribe tampoco y la fuga y el agotamiento y otra vez a leer lo que no se deja escribir hasta que te parece que algo se movió allá adelante y ahí está la palabra escondida tras el arbusto de tu propia negligencia. Es ir y cazarla, ir y dejarla escrita para siempre.

Primero pesamos que se trataba de una novela de ciencia ficción: el futuro ahí nomás, Juan Román con cincuenta años y dirigiendo a Boca, las comunicaciones globales, las hamburguesas de diez pisos. Después supimos que la trama, no del futuro sino del futurismo, estaba al servicio del viejo y querido policial, donde hay buenos y hay malos, y donde siempre hay una pistola que alguien, finalmente, fatalmente, gatilla. Y con eso nos fuimos quedando, con la ensoñación de un detective que pone a prueba la lógica de la Especie y la lleva hasta el confín de sus posibilidades. Nos quedamos contentos suponiendo que el Hombre es intrínsecamente bueno. Pero un año después de haber terminado, un año después de haber colocado el infame punto final, cuando Martín y yo casi nos no veíamos, cuando sólo cruzábamos saludos dispositivos electrónicos mediante para saber en qué andaba cada uno, lo vi, lo comprendí: esta novela es una novela de amor. Porque Andrea es el amor, porque nada tiene sentido sin una mujer que complete el mundo. Escribo este prólogo sólo para poder decirlo: gracias Balzamo, seguí riéndote como un nene, seguí creyendo que sólo el amor nos salva.

El día que Balzamo colocó su punto final, le dije dos palabras. No sé cómo se dice buen trabajo en Java Script. En español se dice así: buen trabajo, Martín.

Capítulo I

El *minrider*

Mi nombre es Ricardo y mi apellido es Rubeo. Mi papá es una persona fría y con una capacidad de análisis superior a la media. Alguna vez le pregunté si nunca consideró un potencial problema la doble erre, en mi nombre y en mi apellido. Me contestó que sí, pero me explicó que Ricardo era el abuelo preferido de mamá y no necesitó decir nada más, porque cuando de mamá se trata no hacen falta explicaciones. Mamá es una persona muy comprensiva y poco caprichosa, sin embargo en lo que respecta a los hijos, ella es quien tiene la última palabra y sus decisiones no son negociables. También me contó, mi papá, que yo comencé a hablar al año y medio, y que a los dos años podía pronunciar mi nombre y mi apellido. Y me comentó, además, el caso de un amigo de él que se llamaba Roni y que pronunciaba la erre como si hubiera sido francés. Ese era su principal temor, pobre papá: que yo pronunciara mal las erres.

Pero mi problema es distinto al de Roni, aunque guarda cierta relación. Yo cuando tengo que pronunciar una erre empiezo a tartamudear y de ahí en adelante me trabo cada vez más, y eso hace que constantemente esté pensando palabras sin erre y que mi cadencia al hablar sea más lenta que la del resto del mundo. Hablo pausado y eligiendo las palabras.

Esto en la secundaria me valió una lista larga de sobrenombres y cargadas. Una tarde estábamos en clase de historia y el profesor empezó a hablar de unos aparatos antiquísimos que se llamaban tocadiscos. Nos pidió que buscáramos en nuestros dispositivos información sobre cómo funcionaban. A medida que íbamos consiguiéndola, levantábamos la mano para aportar a la clase. Nos fuimos enterando de que los viejos tocadiscos hacían girar los discos, que era donde se guardaba la música. La velocidad de giro era normalmente 33, la velocidad lenta, o 45, la velocidad rápida. Levanté la mano para acotar que había dos velocidades más, 77 y 16 revoluciones o vueltas por minuto y que no eran muy comunes. Y las palabras revoluciones y rápida me traicionaron. Empecé a trabarme y en uno de mis incómodos silencios se escuchó:

—¡Ponelo en 45!

Los adolescentes y preadolescentes son malos e ingeniosos y hasta son capaces de prestar atención en clase, si se trata de idear una cargada. Esa cargada tuvo ingenio, escucha activa, pertinencia y relevancia, habilidades que un docente promueve entre sus alumnos. Pero también tuvo mucha crueldad. A mí ponerme en 45.

Para sobrevivir a esa crueldad tuve que disminuir mi velocidad y aprendí a elegir las palabras. Esa velocidad al hablar marcó mi vida. Me dio un aire de intelectual que en la facultad me hizo aprobar materias, obtener buenos resultados en mi relación con las chicas y marcó mi forma de interactuar con los demás. Luego, como investigador privado, escuchar más de lo que hablo, facilitó mucho mi trabajo. La clave está en que, quienes dialogan conmigo, empatizan con mi forma de hablar y mi cadencia y así la comunicación fluye, los malos entendidos desaparecen, se interrumpe menos y los intercambios son más fructíferos. En mi vida, me han halagado por ser un buen escuchador, por medir mis palabras, por transmitir confianza y seguridad. La verdad es que mis silencios son el síntoma de mi inseguridad, silencios que no tendría si no fuera tan pudoroso con mi tartamudeo.

Sin embargo nunca pensé que la tecnología podría alguna vez mezclarse con mis tartamudeos, mis inseguridades, mi forma de interactuar con los demás o que influyera en mis trabajos de investigación.

Estoy llegando a la casa de Andrea. Toco timbre y llega el momento tan temido: tengo que decir mi nombre. Tardo más de lo esperado y decido entonces conectar el sintetizador de voz. El "Ricardo" suena limpio y claro y, entonces, Andrea me invita a subir, pero se queja y me pide que no lo use. No entiendo cómo puede darse cuenta de que estoy usándolo, pero se da cuenta y me dice:

—Hola. Sabés que no me gusta que uses el sintetizador.
—Hola. Sabés que no me gusta que no me dejes usarlo.

El sintetizador se conoce en el mercado como el *minrider*. *Min* es una deformación de *mind* que quiere decir mente y *rider* de *reader* que quiere decir lector. El saber popular le ha puesto, en tierras sajonas, tal nombre porque este aparatito parece que lee tu mente. El mismo saber popular se encargó de renombrarlo en estas tierras. Acá se dice "úrlingam" y no "járlingam", "orsai" y no "ofsaid". Y acá se dice *minrider*.

Los inventos sencillos son los que más me gustan y antes del *minrider* el reloj de pulsera era mi invento preferido. Tantas veces en mi vida intenté reemplazar el reloj de pulsera por otros artefactos y siempre vuelvo a la comodidad de tener la hora en la muñeca. En algún momento pensé que el celular era una opción pero tener que sacarlo del bolsillo, mientras en una mano tengo el café y en la otra el lector digital, es muy incómodo. Pensando en esto, también entiendo por qué al café lo agarro con la mano derecha y al lector con la izquierda: porque en la izquierda está el reloj. Qué desastre sería girar la muñeca para ver la hora con el café en la mano izquierda.

El *minrider* es un pequeño botón que se apoya en el cuello, cerca de la tráquea. El aparatito, del tamaño de un frasquito de azafrán, se pega a la piel usando velcro plus. El velcro es un invento del siglo pasado inspirado en la planta comúnmente llamada Abrojo. El Velcro plus es un invento reciente, también basado en una planta que usa su adherencia para conseguir transporte, el Manyupá o Pega-Pega. Las semillas de esta planta tienen una pelusa casi imperceptible que hace que se adhieran a la piel y este invento ha revolucionado la forma en la que la gente se cuelga o estampa cosas en su cuerpo.

Cuando uno lee mueve la lengua y las cuerdas vocales y estos movimientos, que son imperceptibles para una persona, no lo son para el *minrider*. No lee ondas cerebrales ni lee el pensamiento, sólo registra movimientos. En dos años lo han perfeccionado de manera tal que se pueda usar mientras uno camina y el aparatito entiende lo que uno está leyendo o murmurando. Una vez que uno se acostumbra a repetir esos movimientos imperceptibles al pensar, el *minrider* puede hacer con esos movimientos muchas cosas. En mi caso emite sonidos y habla por mí porque lo tengo conectado a la salida del celular. No es el uso

15

que la gente normalmente le da porque en su origen se integraba con celulares para transformar pensamientos en texto y enviar el texto como mensajes cortos. Cuando parecía que una tecnología tan vieja como los SMS iba a desaparecer desplazada por las videollamadas, el *minrider* puso a los mensajes cortos en la categoría de uso intensivo, como en los primeros años de este siglo, hace ya varias décadas, más de tres décadas. Ya tengo 32 años y estamos en el año 2032. Nací en diciembre de 1999. Soy del siglo pasado.

Andrea está un poco agresiva y mis silencios la ponen nerviosa. No me queda otra opción: agacho la cabeza y conecto el *minrider* sin escuchar la lista de improperios que salen de su boca. Mantenemos una conversación fluida y finalmente entiendo qué le molesta. Esta noche voy a la cancha y no quiere que gaste dinero, no quiere que cambie jugadores ni quiere que elija quién tiene que patear un corner o un penal. Me dice que todo es mentira, que me están sacando la plata como a un nene. Entonces le prometo no más de diez mensajes cortos y la promesa de salir a cenar a la vuelta, le doy un beso y me voy a cambiar. Me obliga a configurar el límite de gasto con el celular antes de irme.

Subo al colectivo y digo, en realidad muevo imperceptiblemente la boca y el *minrider* lo dice por mí: dos patakones. Mi papá me contó que alguna vez ya hubo patacones, pero eran sin k. Mi celular envía el sms a la empresa de colectivos, donde mi línea está registrada como la de un pasajero, y la luz se pone verde.

El colectivo lleva alrededor de cien personas y la gran mayoría conecta sus equipos al sistema de entretenimiento de pasajeros que el boleto que saqué incluye. Y todos en el colectivo van murmurando. Tocan la pantalla y murmuran. Miran películas, leen diarios, juegan. Todo lo hacen en sus dispositivos móviles. Y por supuesto se comunican con otras personas. Los monitores de información del colectivo piden que no se hable en voz alta, que no se escuche música ni se hagan comunicaciones de voz sin auriculares. Escucho a alguien hablar, aunque tengo los auriculares puestos, y busco con la mirada al desubicado. Son dos personas que viajan juntas y que hablan entre ellas. No soy el único que las mira, pero parece no importarles.

Capítulo II

En la cancha

El colectivo me deja a tres cuadras de la cancha. Hay mucha gente y la alegría de ir a ver a Boca me llena el espíritu. No puedo explicar por qué algo tan sencillo como un partido de fútbol me causa tanta alegría o tanta tristeza. No lo sé explicar y si lo razono me avergüenzo de mí mismo. Es un deporte, sólo un deporte. Cuando termine este torneo va a empezar otro y la gloria o la vergüenza de salir segundo se acaba en dos o tres días. Me voy a emocionar cuando salga el equipo, voy a maldecir, voy a cantar y también voy a votar a quién hay que cambiar o quién tiene que ejecutar un tiro libre.

Desde el año pasado, Boca les permite a sus simpatizantes enviar un SMS diciendo qué jugador quieren que salga y asegura que de haber más de diez mil personas pidiendo un cambio, el entrenador considerará la opinión de la gente. Hay entrenadores con personalidad fuerte que no se dejan influenciar por los simpatizantes. Si pierden dos o tres partidos seguidos peligra su permanencia en el club. Siempre fue así y siempre lo será. Los directores técnicos que hacen lo que la hinchada les pide duran más. El entrenador actual es Juan Riquelme, a quien yo vi jugar, pero era muy chico y no me acuerdo. Mi papá me cuenta muchas historias de él, buenas en general, pero para mí es un cabrón, ya que no hace nunca lo que yo voto, si bien nunca muestran qué votó la hinchada.

Llego a la entrada y la montada vuelve a provocarme esa sensación única y tan difícil de explicar que me recuerda tanto a mi abuelo cuando decía: "Somos descendientes de tanos, somos cagones". La rodilla del policía arriba del caballo queda a la altura de mis ojos y el electrobastón parece del largo de mi estatura. El pensar en el largo del electrobastón me obliga a agendarme una tarea pendiente en mi cabeza curiosa: al volver del partido, averiguar cuál es el largo de los bastones electrónicos de la policía montada. Esa curiosidad, que de chico me llevaba a tratar de entenderlo todo, combinada con la cantidad de información que uno puede encontrar en la red, más el saber escuchar, son mis mayores virtudes como investigador privado.

En la cola estamos todos forcejeando y el señor de adelante le dice a un melenudo que mide más de un metro ochenta y pasa los cien kilos cómodamente:

—Vendeme una.

El tipo le da un cuadradito que parece una calcomanía. Yo en ese mismo momento meto la mano en el bolsillo, tanteo mi entrada y confirmo que es del tamaño de una tarjeta de crédito, que tiene las puntas recortadas y que es de un plástico fino con un chip en el medio. Me da pena por el pobre señor cuya única alegría es venir a ver Boca y me angustio un poco. Entonces lo improbable, lo imposible sucede. El señor que tiene aspecto de albañil y que en la oscuridad de la noche no puedo saber si tiene el cabello lleno de canas o tiene restos de cal o mugre de obra en la cabeza me mira, me muestra la calcomanía y me dice:

—¿Es buena ésta?

El grandote me mira con una cara muy tranquila, tal vez confiado en su tamaño. Otra vez recuerdo las palabras de mi abuelo sobre la ascendencia italiana, miro al peludo a los ojos, porque algo de dignidad me queda, y el sintetizador de voz dice: Sí. Más tarde cuando me siente en la cancha y le pregunte al señor sentado a mi lado si me puede mostrar su entrada con alguna excusa sencilla, me voy a enterar de que a los socios vitalicios que van a la popular les dan un tipo de entrada rara, parecida a una calcomanía.

Entro a la cancha y cada paso de la escalera hace que mi corazón lata más rápido. Cuando estoy a diez escalones de ver el rectángulo verde, la hinchada empieza a saltar y cantar el maravilloso "Las gallinas son así". Todo tiembla y quiero llegar y saltar con ellos. Temo por un segundo que el equipo esté por salir y perdérmelo, pero lo que cantamos cuando sale el equipo es otra cosa. Igual me apuro, me agito y llego jadeando a mi sector preferido. Si bien es la popular y los asientos no son fijos, hay una decena de personas que ya nos conocemos. Disfrutamos de encontrarnos, nos saludamos, nos abrazamos cuando festejamos un gol, puteamos a los mismos jugadores, somos un grupo con un objetivo común. Somos una comunidad. A mí me saludan y me recuerdan lo mismo cada partido:

—Che, apagá el aparatito que parecemos Central.

Las historias de fútbol pueden remontarse a muchos años atrás y esta no es la excepción. Pasaron varias décadas y los hinchas de Newell's Old Boys todavía tienen banderas con parlantes prohibidos. Es como una señal de prohibido estacionar pero en lugar de la E hay un parlante. Y la historia cuenta que en los noventa del siglo pasado alguien sacó una foto de un parlante en medio de la hinchada de Central, que según los hinchas rojinegros, los canallas usaban para alentar más fuerte. Yo tengo que convivir con mis amigos de hinchada, que no quieren escuchar al sintetizador cantando, y con mis ganas de participar en el juego enviando sms. No es tan complicado.

Sale el equipo, cantamos mucho, tiramos muchos papelitos, aplaudimos a cada jugador cuando la voz del estadio los presenta y ellos nos responden, saludando a la hinchada respetuosamente. Incluso cuando anuncian a Hoyos, el discutido diez de Boca, hay respetuosos aplausos. El partido es tranquilo, un partido de última etapa del campeonato. Arsenal ya clasificó para la Copa Americana y Boca no juega por nada porque quedó muy lejos de los punteros. La tranquilidad se vuelve algarabía cuando a los quince minutos del segundo tiempo le dan un penal a Boca y el tablero electrónico anuncia: envíe su pateador al 2020. Conecto el *minrider*, murmuro "SMS 2020 Hoyos enviar" y mi mensaje viaja como el de todos los que conectan el pequeño botón a su cuello y empiezan a murmurar como si estuvieran rezando. Hasta me parece oír un zumbido generalizado. El referí demora la ejecución, Hoyos mira al banco de suplentes y Riquelme sin mirar a su asesor tecnológico agita su mano dándole a entender que patee el penal. Mañana los diarios dirán que hubo doce mil mensajes y que muchos pidieron que el penal lo pateara Viera, el goleador histórico, y que esto le valdrá al DT un tirón de orejas de parte de la Comisión Directiva.

Durante el segundo tiempo vi mucha gente enviar mensajes, mejor dicho con su *minrider* en el cuello, y yo creo que fue pidiendo algún cambio. Cuando terminó el partido el tablero electrónico mostró el total de todos los pedidos en cuatro o cinco diapositivas que incluyeron: tiros libres, corners, penales y cambios. No ponen detalles del tipo jugador más pedido para salir o ejecutores de penales elegidos y la cantidad. Tampoco incluyen la cantidad de dinero recaudada pero, sabiendo la cantidad de mensajes y lo que te cobran, hago el cálculo y cuando la voz del estadio anuncia la recaudación por entradas, muevo la cabeza de lado a lado y murmuro: "ganan más con los SMS". Por suerte tengo conectado el *minrider* sin el sintetizador.

¿Y el partido? Ganó Boca y terminó 1 a 0 con el penal de Hoyos. A veces cuando salgo de la cancha me cuesta recordar el resultado. Disfruto tanto de todo lo que pasó.

Capítulo III

El llavero partido

Vuelvo a casa después del partido y, al revisar mis mensajes en la red, encuentro un pedido de información: alguien quiere que yo le averigüe algo. La publicidad se paga con creces. Hace ya muchos años que encontré una agencia en la red que se encarga de abrirte cuentas en un centenar de redes (sociales, de novedades, de mensajería, de amigos) y te publica un aviso por día. La publicación es particular según cada red: a veces es un mensaje en tu sitio, a veces un correo a tus amigos, a veces es un mensaje a tus seguidores. Dependiendo de la red social,

25

ellos te piden tu lista de contactos de correo y ellos los buscan por todos lados. Tu dirección de correo, como identificador, es más utilizada que tu número de documento.

El mensaje que recibí dice que me van a enviar una *pewebola* con un llavero partido. El llavero es pequeño y entra perfectamente en bolas que circulan por la *world wide package web* o más conocida por su sigla: la *wwpw* o la *peweb*. Hace cinco años el proyecto de armar un gran anillo que recorriera toda la comunidad económica europea y distribuyera paquetes utilizando aire cambió al mundo. Hoy los paquetes llegan a Argentina. Un señor lleva al correo un paquete y el correo tiene un acceso al bus, que no es otra cosa que un gran caño que da la vuelta al mundo. En el bus viajan paquetes desde y hacia todos lados. Todos los paquetes son del tamaño de una pelota de fútbol de salón. El sistema es parecido al sistema de reparto de correos por aire en los años cincuenta, mil novecientos cincuenta. Las pelotas tienen un chip de radiofrecuencia que indica su origen y destino. Este chip es monitoreado en todo el camino y, cuando la pelota llega a su salida, una puerta abierta en el lugar adecuado y una succión más fuerte que el flujo dentro del bus hacen el resto del trabajo.

La *peweb* cambió el concepto de importaciones y exportaciones ya que cada país cobra un impuesto por un paquete ingresado en el bus, pero a la salida no hay aduanas ni controles. Sólo el correo local te lleva el paquete a tu casa. El correo, al igual que los mensajes cortos, encontró una forma de reinventarse.

Ahora no llevan cartas, llevan bolas desde el bus a tu casa: las *pewebolas*.

En casa, cuando al día siguiente recibo una bola, de plástico anaranjado, grueso y acolchado, sonrío como un niño. La abro girándola, oigo un leve click y veo que el destinatario en el paquete interior no soy yo. Así que toda la alegría se transforma en desilusión: recibí un paquete que no es para mí. La etiqueta dice que es para un señor de Colombia de nombre César Melgar.

Decido comunicarme por voz al correo y entonces inicio una conversación persona a persona. El correo, en su reinvención, decidió seguir las últimas tendencias en atención a clientes y reemplazar los autómatas de voz por empleados de carne y hueso. Y yo prefiero hablar con seres humanos y no con máquinas. Le cuento, a la chica que me atiende, que recibí un paquete que no era para mí y me explican que tengo que ir a una sucursal, cerca de casa, donde ellos van a encargarse de poner el paquete de Don Melgar en una *pewebola* que volverá a circular hasta llegar a Colombia. Antes de cortar le pregunto por mi paquete, el que trae el llavero desde República Dominicana. Me pide un segundo, se oyen sus dedos teclear –me resulta tan curioso el sonido como que en el correo todavía usen teclados- y me dice que el mío ya me lo entregaron. Empiezo a increpar a la chica, porque yo esperaba que mi paquete estuviera circulando todavía o vaya uno a saber qué. La chica del correo me deja escuchando el ruido ambiente del centro de atención y no la escucho más. Supongo que se cansó de mí y se fue a buscar un café.

Salgo para el correo y en el camino miro otra vez el envío que llegó por error a mis manos. Al examinarlo en detalle descubro que lo enviaron desde una casa que está en mi barrio. Entonces creo tener la solución al problema: mezclaron los paquetes en las *pewebolas*. Ahora sólo me falta validarlo. Me comunico otra vez con el correo y, como estoy en el colectivo y no quiero que todos mis compañeros de viaje me escuchen, lo hago usando el *minrider* integrado con el micrófono del celu. El que me atiende es un joven con un marcado acento cordobés y me reconforta que no sea la chica que antes me dejó hablando solo. Le digo que mi nombre es César Melgar, que llamo desde Colombia y le pregunto por un paquete que me enviaron desde Argentina, que cuando quise chequear la información en línea del correo no lo encontré. Todo este asunto lo inventé porque creo que sacaron mi *pewebola* con mi paquete, armaron la *pewebola* para el paquete de Milton, y por error, metieron en el bus el llavero empaquetado, es decir mi paquete, en la *pewebola* que va para Colombia. El sintetizador me sirve para esconder mi falta de acento colombiano, aunque si Don César viviera en Medellín donde vosean como nosotros, podría haber engañado a cualquier operador.

El cordobés es muy bueno en su trabajo y rápidamente confirma mi hipótesis. Me dice que hubo un problema y que el paquete se va a demorar más de lo esperado. Me pide mis datos para comunicarse conmigo en dos horas. Seguramente no encuentran el paquete que yo tengo y cuando digo yo me refiero a Ricardo, aunque ahora me esté haciendo pasar por César. Estoy a punto de meter la pata y entonces corto.

Cuando llego al correo me recibe una chica bastante amable que me confirma que mi paquete está dando vueltas por la *peweb*. Me dice que mañana me lo llevarán a casa y se deshace en disculpas. Es más amable que linda, pero tiene una boca grande que cuando sonríe me hace olvidar del mal humor que traía.

Al día siguiente recibo una *pewebola* y esta vez es el paquete correcto. Trae una llave y un llavero partido. En el llavero puede leerse "OCA 71". El señor que me contactó vive en República Dominicana desde hace dos años. Es argentino pero emigró hacia el Caribe con la última crisis. En Buenos Aires vivía en Barrio Norte. Su esposa argentina había venido a visitar a sus parientes un par de meses atrás. El señor es un celoso patológico, me lo confesó en los primeros dos párrafos de su correo. El llavero partido lo encontró en el forro de la valija que su esposa utilizó en el viaje. Me pide que averigüe que es "OCA 71".

Los buscadores son muy buenos, pero todavía no han resuelto satisfactoriamente buscar sufijos de palabras. "OCA" es parte de una palabra. Podría ser un edificio que se llame Carioca o un complejo que se llame La Boca. También me sorprende que todo sea en mayúsculas. Tiene que ser una sigla. La otra posibilidad es que sea la dirección de una casa.

Recorro la calle Montes de Oca por la Web y veo que no hay una casa sino un edificio en el número 71. La cantidad de posibilidades me abruma y para atacar un problema de muchas posibilidades nada mejor que utilizar mucha gente.

Simplemente publico, en mi página de red social de amigos cercanos, que tengo un llavero que dice "OCA 71" y pregunto si a alguien se le ocurre qué puede ser. Aclaro que agradezco comentarios o acciones del tipo me gusta o no me gusta para que esto lo vea mucha gente. Yo tengo unos mil contactos, desde amigos del jardín hasta amigos de mi papá. Hace casi treinta años que uso redes informáticas de contacto porque, aunque tengo treinta dos años, mis hermanos ya me habían creado una cuenta antes de cumplir los tres. Dicen que aún sin saber leer podía identificar íconos, jugar y comunicarme. Todo el mundo sube mucha información y como yo no quiero que mi pedido pase desapercibido hago varios intentos: pego una foto del llavero, escribo un nuevo post que incluye la palabra gratificaré y hasta grabo un corto con música de suspenso que muestra el llavero desde distintos ángulos.

La respuesta no tarda más de quince minutos. Un contacto de segundo grado, amiga de una compañera de la primaria, le envía un mensaje a mi amiga diciéndole que tiene la respuesta, que vivió en el edificio "MOCA, piso tres, departamento B". Su llavero, similar al mío, decía "MOCA 32". Me doy cuenta de que debería haber subido la nota con permiso para que cualquiera comentara. Es muy agradable esta chica que le avisó a mi amiga. La amabilidad se transforma en interés cuando llego al final de mensaje reenviado y leo que espera que la gratificación le alcance para salir a cenar esta noche. Tengo que preguntarle al contador cómo hago para incluir este gasto en nuestra contabilidad.

Llamo al contador y tenemos una discusión acalorada. No quiere entender que no me parece apropiado pedirle una factura a la chica. Le estaría entregando dinero en concepto de gratificación. Más tarde cuando le propongo darle un regalo en lugar de plata, consiguiendo una factura por el regalo, el contador festeja mi idea. Llamo para comprar los bombones y la chica que me atiende me pregunta, como debe ser usual en su trabajo, qué bombones quiero. Me acuerdo entonces de esa vieja película, *Forrest Gump*, que mi papá me hizo ver cuando éramos chicos y de una línea dicha por el protagonista: "La vida es como una caja de bombones, nunca sabés qué te va a tocar".

Aclararle a la chica que lo interesante de una caja de bombones es la sorpresa, es una explicación que no me va a ayudar como cliente, que me va a llenar la caja con bombones de praliné. O algo peor, como mi amigo mozo que me contaba que cuando un cliente se queja, el plato vuelve de la cocina con algo de la humanidad del cocinero. Mientras pienso todo esto, le digo que me haga quedar bien, que elija los más dulces, que son regalo de aniversario y que mi novia es muy golosa. Apelar al costado romántico de una mujer funciona siempre.

El trabajo está hecho pero quiero ir más allá de lo que mi cliente me pidió. Voy a tratar de entender cómo ese llavero llegó a la valija de la esposa del argentino que vive en Dominicana. Lo primero que se me ocurre es ir al departamento e intentar averiguar qué hay en el séptimo A. Mejor ir a la mañana temprano, cuando el portero, que ya baldeó, esté lustrando el bronce de la puerta. Le puedo preguntar si sabe de algún departamento para alquilar, en un piso alto, que dé a la calle porque siempre los departamentos A dan a la calle. De ahí a decirle que me gustaría el séptimo, porque me crié en un séptimo piso, hay un paso. No es un plan muy elaborado, pero al menos no voy a improvisar completamente.

A la mañana siguiente me tomo un colectivo que me deja a media cuadra del edificio en cuestión. Me acerco al portero eléctrico y veo que al lado de cada piso hay un cartel indicando la empresa que lo ocupa. Es una agencia de viajes y sin dudarlo oprimo el botón diciendo que un amigo me la recomendó, que estoy planeando un paseo por el noroeste argentino. Le digo que en realidad mi amigo vive en República Dominicana y que quien vino por acá es su esposa. Quien me atiende me aclara que es nuevo y que en su semana de trabajo no atendió a ninguna mujer que viviera en ninguna República Dominicana. Genero una buena relación con el agente de viajes y cuando me despide me regala un llavero igual al que recibí en la *pewebola*. Pero este está completo y muestra claramente: "Andesur Viajes – MOCA 71".

Antes de llamar al celoso compulsivo, tengo la fantasía de que me va a pedir que investigue el viaje que hizo su mujer, que seguro que se escapó con un amante y se fue de luna de miel. Cuando le informo los datos de la agencia de viajes me dice que él le pidió que le averiguara cuanto costaba un viaje para ir a ver a los pingüinos de Puerto Madryn. Me felicita por mi velocidad de respuesta y da el caso por cerrado. Me paga bien y esa noche invito a cenar a Andrea.

De postre, en casa, fumamos unas hojas de Salvia Divinorum que pueden comprarse en cualquier herboristería. Su cultivo y comercio es legal en la mayoría de los países, excepto en Australia. El efecto es intenso, corto e intenso. Durante tres minutos no puedo hablar, no puedo reconocer la realidad que me rodea. No me asusto y creo que es gracias a que sí reconozco la mano de Andrea que me cuida. Cuando es el turno de Andrea, ella se queda como desconectada del mundo. Cuando pasan sus tres minutos me cuenta que tuvo una experiencia extra corpórea, es decir, pudo verme a mí sosteniéndola mientras se elevaba sobre nosotros. La Salvia me la envió un amigo que vive en Salta, en una *pewebola*. En el correo no me dijeron nada y yo me encargué de chequear en el sitio web de la empresa que administra el bus si podía circular una dosis de diez gramos de hojitas trituradas de una planta de uso libre. La página me informó de algún país más en el que está prohibida su comercialización.

Nos vamos a dormir y cuando empiezo con mi

monólogo sobre las drogas, evitando la palabras con erre porque cuando me voy a dormir ya no conecto el minrider, Andrea me dice que el mundo es así, que no tengo que entender por qué el alcohol está permitido y por qué la cocaína no; por qué el LSD está prohibido y la Salvia, no. Que me duerma y que agradezca que pudimos tener una experiencia de chamán mejicano sin cometer ningún delito. Me encanta su espíritu práctico. Me duermo feliz pensando que pude resolver un caso más.

Capítulo IV

Los Agoreros

Hoy es 1° de mayo y por segundo año consecutivo no se festeja el Día del Trabajador: es probable que no se festeje nunca más. El Día del Trabajador fue una conmemoración nacida en Chicago en el siglo diecinueve a partir de una protesta conocida como "la revuelta de Haymarket". El 1° de mayo de 1889, doscientos mil trabajadores estadounidenses fueron a la huelga para reclamar la jornada laboral de ocho horas. En Chicago, dos días después, la huelga seguía cuando en las puertas de una empresa de maquinaria agrícola los manifestantes se enfrentaron con la policía.

Una brigada abrió fuego y asesinó a seis trabajadores. Si alguna vez me hubieran dicho que cambiaríamos el Día del Trabajador por una tragedia mayor que "la revuelta de Haymarket" no lo habría creído. Un feriado se mide por la intensidad de su acatamiento y los shoppings siempre cerraron sólo para Navidad, Año Nuevo o para el 1° de Mayo. Esa tragedia mayor finalmente ocurrió. Fue hace dos años. Fue también un 1° de mayo. Hoy es un día de luto.

Esta mañana fui a acompañar a un amigo que trabaja en una estación de servicio. Llegué a eso de las ocho. La estación estaba cerrada, por supuesto. Tomábamos unos mates cuando sentí el motor de un auto. Quise constatar, caminé unos metros hacia la esquina como para ver y vi un auto: a tres cuadras. No había ruidos, no había movimientos, no había gente en la calle, el ruido del escape llegaba limpio, sin competencias. No había nada.

Con mi amigo hablamos sobre el origen del día del trabajador, Sacco y Vanzetti, los anarquistas italianos. Todo aquel trágico espiral de la historia. Coincidimos en que los viejos anarquistas son los actuales agoreros.

Significado de Agorero en los siglos XIX y XX: *Sujeto que predice el futuro con mala vibra.*

Significado de Agorero esta misma mañana: *Participante del movimiento político que, tecnología mediante, propone la Democracia Directa como en la antigua Grecia o tecnodemocracia.*

La Enciclopedia Mundial (antes le decían Wikipedia) deja además una referencia: *Ágora*. Si uno se toma el trabajo de abrir el vínculo, podrá leer:

Plaza pública donde se votan a mano alzada las leyes de la república.

Así era la democracia cuando nació, directa. Así quieren los agoreros que vuelva a ser hoy. El concepto de democracia directa forma parte de las ideas casi olvidadas que uno adquiere en la primaria sobre los griegos y su forma de hacer política: cuando todos los ciudadanos discutían y tomaban decisiones sin necesidad de intermediarios o representantes. Con un mate más volvemos a lo que pasó hace dos años.

La escalada comenzó a fines de diciembre y terminó el 1° de mayo de 2030 con un presidente yéndose en helicóptero, otra vez, cobrándose cientos de víctimas en una plaza ensangrentada, llena de policías y agoreros y muchos ciudadanos civiles indignados que decidieron unirse.

Todo había comenzado unos meses antes, cuando los estudiantes de quinto año del Nacional Buenos Aires hicieron lo de cada año, lo que hacen desde hace más de cien: largar un chancho enjabonado en el patio y correrlo hasta atraparlo. Es una tradición que ha generado preceptores enojados, profesores ofendidos y directores desencajados. Historias con participación de todo tipo de autoridades, desde la policía hasta diferentes políticos. Esta vez el Jefe de Gobierno, necesitado de publicidad, decidió intervenir y ese fue el principio del fin: del suyo propio. A la luz de los acontecimientos, de lo que en dos años iba a sucederle al mundo, la caída del intendente fue una consecuencia insignificante. Argentina será recordada como lo fue para mí Grecia en la escuela primaria. La cuna de una nueva democracia directa: la tecnodemocracia.

Ya a principios de siglo, Argentina había mostrado al mundo qué hacer con una crisis económica, ejemplo que no supo seguir Europa y que hoy, treinta años después, sigue pagando. Pero esta vez la crisis fue política y el legado es la nueva forma de gobierno que hoy se utiliza en decenas de países.

Durante la caza del chancho enjabonado, la policía antimotines entró al Colegio y en una discusión un policía le pegó con un electro-bastón a un chico, que hoy sabemos que era epiléptico, provocándole convulsiones. Sus compañeros no sabían de la enfermedad que este adolescente sufría y culparon al agente de lo que estaba pasando. Un epiléptico con convulsiones genera mucha impresión por los temblores, los golpes contra el piso, los mordiscones, los gritos de los que tratan de ayudar, las frases del tipo "que no se trague la lengua" o "que no te muerda". Los epilépticos que pueden prever unos segundos antes un episodio suelen acomodarse en el pasto o en la tierra para evitar golpearse contra el piso duro. Unos se ocuparon de socorrer al chico de las convulsiones y otros, fueron al choque con las brigadas de la policía. Y entonces hubo uno, cinturón negro de toda clase de artes marciales, que atacó, enceguecido pero solidario. Empezó a despachar agentes, le rompió dos costillas a uno, le quebró un brazo a otro. Los policías reaccionaron pero no pudieron pararlo con los bastones electrónicos, ni aún siendo muy superiores en número. De repente, y es algo que jamás se aclarará, alguien de la policía sacó un arma y comenzó a disparar.

Fueron los primeros dos muertos por la revuelta de los agoreros. En ese momento los agoreros no existían.

Había antecedentes de lo que fue el siguiente paso, que fue muy común en las democracias representativas de todo el mundo y que podríamos denominar situaciones de reclamo de "que se vayan todos". Que se fueran nunca fue posible hasta que la tecnología no fue lo suficientemente madura como para prescindir de representantes y suprimir uno de los tres poderes.

Después de la masacre del Nacional Buenos Aires, el jefe de gobierno decidió dar una conferencia de prensa. Se llenó de centros de estudiantes secundarios y otra vez hubo golpes, manifestaciones en contra del poder y un multitudinario pedido de renuncia. La oposición decidió levantar el guante y en pocos días estaba el juicio político organizado. Las manifestaciones siguieron sucediéndose y alcanzaron su punto máximo el día del juicio en la puerta del Concejo Deliberante. Vía redes sociales, se convocó a armarse para entrar por la fuerza al recinto, en caso de que el Jefe de Gobierno no fuera condenado y destituido.

Los legisladores se enteraron de la convocatoria y decidieron enfrentar la situación: hicieron un juicio político expeditivo y a puertas cerradas. Decidieron que el Jefe de Gobierno no tenía responsabilidad primaria sobre los hechos. Un concejal publicó en la red la noticia de la absolución. Instantáneamente la manifestación en la puerta se volvió tan violenta como nunca antes había pasado en la Argentina. La muchedumbre entró al Concejo e hirieron a varios dirigentes políticos. Otra vez hubo víctimas civiles.

El caos se multiplicó en cada ciudad, en cada provincia y finalmente alcanzó la Casa Rosada. Fueron dos meses trágicos. De repente los temas centrales en las redes dejaron de ser "#quesevayantodos" por "#nolosnecesitamos". La tecnodemocracia ganó peso social apoyándose en la tecnología para lograr colaboración. Las redes fueron moldeando los principios de esta nueva democracia directa que finalmente recogieron los agoreros, cuyos principios son:

1. Nosotros, los agoreros, proponemos la democracia directa para decidir las leyes que nos rigen.

2. Cualquier ciudadano puede proponer un proyecto de ley.

3. La selección de proyectos a discutir se votará en línea.

4. Los proyectos de ley se discutirán en línea.

5. Los proyectos discutidos se votarán. Para que se vuelva ley un proyecto necesitará diez mil votos

entre positivos, negativos y abstenciones, y luego mayoría simple de positivos.

El quinto principio del manifiesto fue y es el más discutido. Diez mil votos parece un número muy bajo para que un proyecto sea tratado. El "diez mil" proviene de la vieja costumbre de juntar diez mil firmas. Es una idea analógica, del siglo pasado, cuando se juntaban firmas en papel para que el Congreso tratara una ley. El tiempo demostraría que conseguir diez mil firmas es un problema de masa crítica. O sólo se consiguen miles, o centenares de miles o millones.

A partir de la implementación de los principios, cualquier ciudadano puede volverse partícipe de las leyes de su país, cualquier ciudadano puede votar una ley. La idea de los votos en la cancha para elegir cambios o un pateador fue aplicada a la constitución del aparato legislativo.

El 1° de mayo el presidente debió renunciar después de cuatro meses de saqueos, cientos de muertes, intentos de linchamiento de senadores y de diputados. El nuevo presidente asumió y su primera medida, que fue lo único que podía hacer, fue suprimir al congreso y a la cámara de diputados.

Los debates pasaron a hacerse online y moderados por un *software*, que entre otras cosas, asigna turnos para argumentar en una plataforma pública. Las votaciones se hicieron fáciles. Murió lo que alguna vez conocimos como el *deneí*. Usamos el móvil como identificación de cada ciudadano. Y el *minrider* sirvió para los debates. La tecnología al servicio del hombre. La democracia nunca volvió a ser igual.

El diario *Nuevo Sol*, al cual los mayores siguen llamando *Clarín*, publicó la siguiente crónica con fecha 2 de mayo de 2030:

Ayer el gobierno convocó a una marcha por las instituciones. Los agoreros, sector político que se identifica como "progresista y que propone un cambio radical, basado en las nuevas tecnología", marcharon también hacia la plaza con la siguiente consigna: participar pacíficamente de la convocatoria oficial.

En las celdas de conectividad cercanas a la plaza se registraron cincuenta mil dispositivos. De un lado los oficialistas y del otro los agoreros, que llegaron como ellos proponen que hay que llegar: sin líderes políticos, figuras emblemáticas de la representatividad en crisis.

El gobierno decidió no desplegar ninguna medida preventiva de seguridad porque, según fuentes internas, la masacre del Nacional Buenos Aires guía aún el accionar policial. Este dato influyó en la convocatoria, y por eso la cantidad de personas en la plaza fue tan alta.

Cerca de las diez de la mañana, los conservadores, partidarios del gobierno y ultras del oficialismo, decidieron entonar el Himno Nacional. En ese momento un grupo de ultraderecha, que se rapa la cabeza y canta el Himno con el brazo derecho levantado, atacó a los agoreros con la intención de correrlos de la plaza (ver foto). Desde que los conservadores llegaron al poder se habló de sus fuerzas paramilitares. Ayer el rumor terminó de ganar cuerpo y las versiones sobre dos mil víctimas ejecutadas fueron confirmadas.

Antes del mediodía, se hicieron presentes en el centro mismo de la plaza, unas quinientas personas armadas con armas de fuego, vestidas de negro. No eran policías, eran los autodenominados ángeles negros. Su líder, el hoy famoso Francisco Varnés, declaró al final del día que tuvo protección política y que sabía que no iba a haber seguridad policial en la plaza.

Según sus propias declaraciones, el Ministro de Seguridad, cuando vio por las cámaras de vigilancia lo que pasaba, no dudó un instante. Llamó a la Gendarmería, que estaba en alerta, y en veinte minutos había mil gendarmes fuertemente armados en la plaza.

Agoreros y conservadores quedaron en el medio de un fuego cruzado entre los Ángeles Negros y la Gendarmería. Las fuentes difieren a la hora de precisar quién abrió fuego.

A las once de la mañana el caos en la plaza era total. Había ambulancias, gente corriendo, humo, gente llorando y gente gritando, pero sobre todo, muchas víctimas. Hubo, súbitamente, un acuerdo tácito y todos los presentes empezaron a acomodar los cuerpos de las víctimas prolijamente a lo largo de la baranda antiavalanchas que protege a la casa rosada. Acomodaron cada cuerpo a un metro del otro, todos boca arriba, todos con la cabeza hacia la Casa Rosada y los pies hacia el Cabildo (Ver foto).

Entre los cuerpos había agoreros, conservadores, policías y ángeles negros. Las imágenes inundaron inmediatamente las redes sociales. La ira y el enojo se transformaron en tema principal: #echemosaPilatos. El Presidente pensaba fortalecer su posición con el apoyo de los conservadores pero sólo consiguió ser el chivo expiatorio. A las doce del mediodía toda la plaza empezó a gritar y a pedir que se fuera. La policía permaneció inactiva.

A las doce y media el Presidente se fue con el Vicepresidente en un helicóptero negro. A la una el Presidente del Senado comunicaba en su sitio personal que no estaba dispuesto a asumir la presidencia. Ayer, durante la tarde y con la experiencia adquirida en 2001, el Congreso se reunió a puertas cerradas y nombró como Presidente al Ministro de Justicia.

Cuando las últimas luces del día se apagaban, el recientemente nombrado Presidente Interino, anunció la disolución de los dos Congresos, previa consulta electrónica popular en la cual se registraron records de participación mediante diversos dispositivos móviles (ver nota La votación). Se usó para el escrutinio la misma herramienta de conteo utilizada en los estadios por las parcialidades deportivas. La condición fue sumar dos tercios de votos positivos sobre el total del padrón y la propuesta obtuvo, finalmente, un ochenta y cinco por ciento de adhesión.

Hoy es 1° de mayo. Hace dos años tocamos fondo,

como tocamos en el 2001, como parecía que iba a pasar en el 2015. Cuando vuelvo a casa, me siento solo en medio de una ciudad fantasma. El silencio de la calle me invita a revisar todo lo que pasó en esta primera mitad del siglo. La crisis del 2001 no la viví, era muy chico pero mi papá me la contó muchas veces. Lo del 2015 fue un cimbronazo, un intento de golpe. Hace dos años tuvimos chancho enjabonado, juicio político, marcha, masacre, renuncia, cambio de sistema. Hoy tenemos un 1° de mayo muy triste y una forma de gobierno diferente: la tecnodemocracia.

Capítulo V

Final del viaje

Abro mis ojos y no logro comprender dónde estoy. Es un lugar chico, apretado. Estoy de costado y tengo la cabeza sobre algo duro. Me quiero levantar y, al hacerlo, golpeo la frente contra un techo apenas por encima de mi frente. Me estiro y llego con los pies a tocar algo. Extiendo los brazos hacia los costados. No hay espacio. ¿Estaré en una caja?

La primera hipótesis es angustiante. Alguna vez leí sobre distintos dispositivos en un féretro por si uno se despertara ya enterrado. En el siglo XIX hubo desde campanas, en las cuales un extremo de la soga iba al badajo y el otro extremo a la mano del cadáver;

47

hasta revólveres cargados al alcance del difunto. Yo no tengo una soga, y si tuviera un arma no sabría qué hacer. Creo que usaría todas las balas menos una, que la guardaría para terminar conmigo ante una agonía prolongada. Las demás las utilizaría para llamar la atención o romper las bisagras a tiros. Es angustiante, sigo dándole vueltas. Finalmente reconozco que no estoy en un féretro. El lugar en el que estoy parece que se mueve. Estoy en el baúl de un auto.

Hago un examen de mi situación física. Me paso las manos por todo el cuerpo. Busco un golpe en la nuca que no encuentro. Me refriego tratando de ver algo. Mis ojos se acostumbran a la oscuridad del ambiente y puedo divisar algunas formas. Busco el celular en mis bolsillos y no lo encuentro. Encontrarlo me podría haber servido para llamar a alguien y para tener un poco de iluminación. Busco una vez más en los bolsillos y encuentro el minireproductor de música y el *minrider*. Esto me da alguna pista. El *minrider* sólo me lo saco para correr y el *mini* sólo lo uso cuando corro. Los auriculares inalámbricos están en el bolsillo también. Si los hubiera tenido en las orejas me los habrían quitado. Quizás. Probablemente me secuestraron durante la caminata hacia el parque, en la primera cuadra ni bien salí de casa, antes de que me calzara los auriculares. La hipótesis de secuestro no es más que eso, una hipótesis, pero necesito construir una situación para tratar de entender dónde estoy y cómo salir acá.

El *mini* no tiene luz. Podría escuchar música. Hago una pasada por los temas que tengo en el *mini* y coinciden con los que esperaba encontrar. Cualquier cosa que me remonta a mi mundo, en este caso mis canciones, me da seguridad. Debería relajarme y escuchar unos temas siguiendo aquel viejo dicho que sentencia: *si la violación es inevitable, relájate y goza.* Alguna vez le mencioné esa frase a Andrea y me dijo: *eso lo debe haber inventado un hombre. ¡Y sólo pueden repetirlo hombres!* La música no me va a ayudar. Tengo que entender algo más sobre mi situación. Tengo mi reloj y mi billetera. Eso quiere decir que no es un robo. La billetera me da alguna esperanza de que esto no termine con una ejecución en un baldío. En tal caso me habrían sacado cualquier identificación. Me quedo un rato con esa idea y no me parece un razonamiento válido. Probablemente una ejecución me aterra más que un entierro en vida y necesito convencerme de que eso no está por pasarme.

Supongamos entonces que me levantaron al salir de casa. Tienen que haberlo hecho muy rápido. Hace más de veinte años que hay cámaras en todas las cuadras. Los delitos son cada vez menos. El dilema entre seguridad o libertades individuales de principios de milenio se inclinó hacia la seguridad. La policía filma cada cuadra y el *software* de reconocimiento de situaciones delictivas hace el resto. Por situaciones delictivas hablamos de disparo de arma de fuego, gritos, movimientos muy bruscos entre personas. De repente descubro un dolor en el cuello. Me paso la mano y me parece encontrar una pequeña gotita de sangre coagulada. Seguramente me inyectaron algo.

El siguiente pensamiento me angustia. Secuestro no puede ser porque no tendrían a quien pedir plata por mí. La situación económica de mi familia no permitiría pagar grandes sumas de dinero. Lo más probable es que hayan decidido dormirme y sacarme del alcance de las cámaras de la ciudad. Seguramente quieren ejecutarme en las afueras, en el campo, en los únicos lugares donde pueden cometerse crímenes.

De repente se me ocurre que puedo grabar algo con el *mini* y el *minrider*. El *mini* puede grabar sonidos ambiente o grabar desde el *minrider*. La tecnología ha resuelto cualquier problema de integración. Casi cualquier par de equipos están preparados para interactuar.

Ahora tengo que decidir qué voy a grabar, si algo para la posteridad, un mensaje para Andrea, un mensaje para mis padres. ¡Un mensaje para un hijo que no tengo! Fantaseo con la idea de que Andrea esté embarazada, pero sé que no es así. ¿Dedicarles mis últimas palabras a los secuestradores o un último encargo, un último deseo? Quiero que quienes encuentren mi cuerpo escuchen mis pistas y así puedan atrapar a quienes me secuestraron. Me pregunto por qué hablo de secuestro y en plural de mis captores. Al momento esto es un secuestro visto que todavía no me mataron. Y para cargarme en el baúl se necesitan dos personas. Entonces deben haber sido al menos dos.

Me apoyo el *minrider* en el cuello y empiezo a balbucear:

"Mi nombre es Ricardo y mi apellido es Rubeo. Hace dos días recibí un correo electrónico pidiéndome que investigara a una empresa que desarrolla *software*. La empresa es una pionera en las votaciones por Internet. Me pidieron que averiguara quiénes conforman el directorio, quiénes son sus clientes, qué productos están desarrollando".

"La empresa se llama VotoOnLine, tiene dos socios, tiene unos cincuenta empleados y trabaja mayormente para clubes de fútbol. Tiene, como clientes, una docena de equipos de primera y parece una empresa modelo".

"Busqué información en la Web, contacté amigos, entrevisté a dos ex empleados...

Es verdad que no escondí lo que estaba haciendo. No vi ningún riesgo".

"Quien escuche esto debería saber que esa es la única investigación que estoy haciendo, que no tengo enemigos, que soy una buena persona y un buen detective".

"Además descubrí que quienes me secuestraron lo hicieron hoy, 3 de mayo, a eso de las siete de la tarde cuando salgo a correr".

De repente el auto se detiene y escucho a dos hombres hablar. Están discutiendo sobre el lugar a dónde ir. Hablan de un camino negro o de una reserva. Todas las ejecuciones son en un camino negro o en una reserva y hay caminos negros y reservas en todos lados.

Empiezo a respirar entrecortado, a sentir una presión en el pecho y a transpirar. Me refriego los ojos y me seco las lágrimas que asomaron durante el ataque de pánico.

Hago algún ejercicio sencillo de respiración, del tipo de contar diez inspiraciones por la nariz con las correspondientes exhalaciones por la boca. Pasa. Todo pasa.

Me pongo a buscar por todo el baúl una caja de herramientas o un gato. No encuentro nada, tal vez sacaron todo lo que había, tal vez viven de esto. El baúl tiene una alfombra en el piso y una en el techo. Hago fuerza desde un extremo de la alfombra del techo del baúl y logro despegarla. Con un poco de trabajo logro dejar las luces al descubierto. De repente una luz rojiza ilumina todo el habitáculo: el conductor pisó el freno. Una acción tan sencilla como frenar me devuelve las esperanzas. Descubro que en un rincón hay un manual y que el auto es un Honda Lifit, modelo XS. Tengo la patente del auto, los servicios hechos. El auto tiene caja automática, eso es fácilmente identificable por el ruido del motor. Los conductores de autos automáticos frenan mucho más que los de cajas manuales. Incluso en los semáforos aprietan el freno todo el tiempo. Esto me ayuda a leer.

No sé cuánto más va a demorar el viaje, no sé cuánto tiempo me queda. De repente encienden su equipo de música o su radio. Es un momento único, es el primer momento en el que me siento capaz de hacer algo. Mi *mini* puede conectarse con su equipo de forma inalámbrica. El equipo del auto puede sonar en mi *mini*, mi *mini* puede sonar en el de ellos. Se me ocurre cambiarles la música para molestarlos. Los quiero perjudicar. Ellos me están por matar y yo los quiero perjudicar cambiándoles la música. Un curso de negociación hecho en la facultad me recuerda un principio indispensable: *no pierdas tu objetivo tratando de vencer a tu contraparte*. No estoy negociando pero me doy cuenta de que tengo que elaborar un plan. Y si parte de ese plan fuera cambiarles la música, a cambiarla. Pero tengo que pensar alternativas y posibles escenarios.

Se me ocurre hablarles por la radio. Se me ocurre grabar algo y pasarlo por el equipo del auto. Se me ocurre grabar un mensaje con el *minrider*. Tengo los datos del auto, tengo la patente que leí del manual. Tengo la marca y el modelo. Creo que sé qué hacer.

Enciendo el grabador y grabo:

"A los conductores del Honda Lifit patente EJBC 2932: este es un mensaje del sistema único de prevención del delito. Hemos identificado una acción de secuestro perpetrada en dicho vehículo. Diríjase a la comisaría más cercana para aclarar la situación. En este momento un helicóptero de gendarmería está yendo a escoltarlos".

El mensaje me parece convincente y no sé muy bien qué efecto estoy buscando. Decido probar la conexión con el equipo, espero a que termine la canción y cuando están sonando los últimos acordes, tomo el control. Paro la música, subo el volumen y paso mi mensaje. Inmediatamente clavan los frenos y se ponen a discutir. Las posiciones encontradas son si llevarme o no llevarme. Dicen estar en la ciudad, que deben abandonar el auto. Uno le dice al otro buscar un árbol frondoso, buscar un lugar en donde no haya cámaras. Bajar y salir corriendo. Uno le dice al otro que se ponga la máscara y una campera, que van a parar en una estación de servicio, entrar juntos, salir separados y sin máscara. Son profesionales, no es la primera vez que hacen esto.

El auto para, escucho las puertas, espero que abran el baúl. El corazón me late rápido pero no estoy angustiado. Las opciones son que me lleven con ellos o no. Llevarme es un riesgo, me tendrían que disfrazar como a ellos, tendrían que convencerme de alguna forma de que me comporte, de que no grite ni llame a la policía. Podrían tener a Andrea y así obligarme. El tiempo pasa y no aparecen. Es la decisión que yo habría tomado. Empiezo a patear el baúl y a gritar. De repente se abre el baúl y la luz me enceguece. La primera bocanada de aire puro me hincha los pulmones. Un empleado de la estación de servicio está a medio salir del auto. Él abrió el baúl desde el interior del *Honda*. Me pregunta como estoy y me ofrece tomar algo. Quiere llamar a la policía. Le explico que soy investigador privado y que tengo que tratar de mantenerme alejado de los hombres de azul. No sé por qué esta primera reacción de evitar a *la cana*. Le doy la mano y me voy tratando de entender todo lo que me pasó.

Me llevo el manual del auto. Tengo que averiguar cómo llegué a esto, quiénes son esos tipos y si esto se relaciona con mi caso: con mi investigación sobre VotoOnLine. En un kiosco pregunto qué colectivo me deja en casa. Camino dos cuadras y en diez minutos estoy volviendo a mi departamento. Estoy muy cansado pero no puedo dormirme. El final del viaje, los últimos minutos en el baúl, la adrenalina de esos últimos momentos me dejaron con los ojos muy abiertos y la cabeza trabajando. No entiendo qué me pasó ni por qué. Pero sé que estoy en peligro.

Capítulo VI

¿Qué pasó?

El colectivo me deja a dos cuadras de casa y, recién cuando bajo y empiezo a caminar, me doy cuenta de lo que está por venir. Los ruidos de la calle me recuerdan mi vida de soltero: los ruidos de la noche. Los sonidos nocturnos son fácilmente identificables. No los puedo enumerar pero esas chicas que van por la vereda de enfrente, hablando todas a la vez, bien vestidas, aceleradas, gritando a veces, son parte de esa resonancia. Una sirena lejana de una ambulancia o de un auto de policía también. De día seguro que no podría escucharla o al menos no cuando es tan lejana. El celular me lo sacaron mis secuestradores, reloj no uso, el *mini* no tiene hora y yo no tengo ganas de hablar con nadie. Sin embargo el miedo a que sea muy tarde y de tener que explicarle a Andrea por todo lo que pasé, mientras ella enojada piensa que estoy inventando, me angustia. No puedo volver a la medianoche y decirle que me secuestraron, que estuve en el baúl de un auto. Andrea es muy celosa y se supone que salí a correr.

Me cruzo con una pareja y le pregunto la hora. Espero que no sea mucho más tarde de las doce de la noche. La verdad es que habiendo salido a correr a las siete y media cualquier horario más allá de las nueve es inexplicable. Son las dos y cuarenta, me contestan, y empiezo a traspirar otra vez. Empiezo a buscar las llaves de casa y después de varios minutos hurgando en cada bolsillo me acuerdo de que salí a trotar sin llaves. Correr con llaves es incómodo y yo esperaba volver pronto, llegar temprano. Ahora voy a tener que tocar timbre y despertarla. Llego a la puerta y me siento un rato en el borde del cordón tratando de juntar fuerzas y planear algunas posibles situaciones. La pasé muy mal y lo que más me preocupa es que Andrea se enoje conmigo. Dándole alguna vuelta más al posible diálogo me siento en posición de pedir comprensión y contención. Vengo de una situación extrema y, de un amigo, esperaría un café caliente, un oído que me escuche, una palmada en el hombro. Con Andrea debería ser así.

Toco timbre y me atienden inmediatamente. El *quién es* me sorprende, estaba preparado para insistir, para volver a tocar. Tardo en decir mi nombre porque no tengo el *minrider* conectado.

—Ri... Ri... Ricardo.

Suena la chicharra de la puerta sin escucharse nada del otro lado. Si hubiera sido un portero con cámara me habría esmerado en parecer triste y abatido. Empujo la puerta y voy rápido hacia el ascensor. Andrea está en la entrada del departamento, me abraza y me da muchos besos.

Le cuento todo lo que me pasó y cuando le muestro el cuello me dice que no se ve nada. Estaba desesperada, llamó a la policía, a mis amigos, posteó alguna cosa en las redes. Dice que puso un mensaje bastante neutro. Tenía miedo de las cargadas de mis amigos, pero nadie se lo tomó en broma. Nos conectamos con la tele grande del living y vemos que se armó una cadena larga de comentarios, a la vieja usanza. La que disparó todo fue una amiga de Andrea que pidió que al menos un representante de cada grupo de mis contactos posteara cuándo me había visto por última vez: compañeros de secundaria, de facultad, de mi último trabajo en relación de dependencia, familia y de la cancha siguieron la consigna. Fue una idea rara y el resultado es sorprendente: se acumularon cien comentarios y me doy cuenta de que podría reconstruir mi vida a partir de ellos. Es casi como el *script* de una película.

Tengo que decirles algo a todos los que se preocuparon por mí. No soy de andar ventilando mis intimidades en la red pero esta vez es diferente. Además no sé si quiero que el autor intelectual de mi secuestro sepa que estoy bien. Si esto fuera una película de espías, seguramente el secuestrado se mantendría oculto y ganaría ventaja sobre su enemigo, que bajaría la guardia al no estar esperando un contragolpe. Pensándolo bien, los dos que estaban en el auto ya deben haber avisado lo que pasó, asumiendo que trabajan para alguien. Pero yo no soy ningún agente secreto y debería focalizarme en dos cosas. Una: saber quién me secuestró y por qué. La segunda es menos detectivesca: tengo que evitar que me vuelvan a secuestrar. No quiero jugar al héroe. Es mejor, entonces, contarle a todo el mundo lo que me pasó, contarle a la policía. Me parece que un secuestrador debería alejarse por un tiempo sabiendo que voy a estar alerta, tal vez con guardia policial o con protección satelital. Por muy poco dinero se puede comprar un rastreador que graba tu posición y si estás al aire libre te graba desde un satélite geoestacionario.

Escribo entonces que estoy bien, que me secuestraron, que no me pasó nada, que voy a hacer la denuncia a la policía y que gracias por preocuparse. Me despido con un abrazo y la promesa de contar en los próximos días los detalles de lo que viví.

A continuación pregunto en la red si tengo algún amigo que trabaje con las cámaras de la ciudad de Buenos Aires o las de Avellaneda, que es donde me dejaron. Quiero ver si hay algo filmado en la cámara de la cuadra o en una cámara de alrededor de la estación. Quiero ver a mis secuestradores, quiero una foto de ellos, quiero averiguar quiénes son. Sé que esta forma de trabajar, tan pública, puede no ser propia de un investigador privado, pero no debo olvidar mi segundo objetivo: no quiero que me secuestren otra vez. Siendo ya las tres de la mañana dudo de que algún desvelado pueda responder mi pedido. Me voy a dormir esperando encontrar buenas noticias al día siguiente.

Esa noche dormimos muy juntos, muy pegados. Esa noche no puedo *no sentir* a Andrea contra mi cuerpo un solo segundo. Esa noche tengo un sueño extra corpóreo y desde el aire nos veo durmiendo como John Lennon y Yoko Ono en la famosa foto de Annie Leibovitz, con John en posición fetal abrazando a una Yoko vestida y con todo su cabello desplegado.

Cuando me levanto, antes de ir al baño miro en el celular para ver si alguien contestó. El ex novio de mi cuñada trabaja con cámaras del Gobierno de la Ciudad. Me ofrece ayuda y me recuerda que una vez lo llevé a la cancha. Hacer el bien repaga, puede pasar un año, dos, pero un día tu buena acción vuelve. No sé si podrá darme lo que quiero, pero antes de pedirle algo se me ocurre pensar cuánto costaría hacer esto por derecha. Tal vez no sea una cuestión de dinero. Probablemente si un ciudadano común quisiera obtener lo filmado por las cámaras de la policía tendría que pedirle permiso a un juez, hacer una denuncia. Un juez puede pedirle a la policía una filmación y usar tal material como prueba. Pero yo no soy juez. Yo tengo un amigo, yo tengo *cuña* o *acomodo*. Y vivo en una sociedad donde a los amigos se los ayuda. Una sociedad que puede pasar por encima de cualquier regla si es por ayudar a uno de su tribu.

Lo que me consigue mi ex cuñado es la filmación de la liberación, en Avellaneda. Dice que la de la puerta de mi casa se ve muy borrosa. Me explica que es bastante fácil ensuciar la lente de una cámara. Una pistola de agua basta para tirarle un poco de una mezcla jabonosa e inutilizarla. La policía conoce este método y los secuestradores también. Unos minutos antes del delito la ensucian y tienen que apurarse porque en poco tiempo la policía viene y la limpia. Esto, el pinchazo en el cuello, la velocidad con la que abandonaron el auto me hacen concluir que estoy ante profesionales. Ahora sólo resta confirmarlo. El video de Avellaneda me deja ver a los dos. No los reconozco pero el *Google Faces* me va a ayudar. Recorto las caras, las pego en el buscador y en unos pocos segundos tengo los nombres de los dos. No tienen mucha vida social en la red, pero uno aparece identificado en una foto de cumpleaños de un pariente con baja configuración de seguridad. Cuando empezó a funcionar lo de identificar caras, cada vez que subías una foto, tu red social te encontraba a todos los que aparecían. Con el tiempo todo el mundo configuró su privacidad para que esto no pase. La foto del cumpleaños es de estos primeros tiempos. El otro aparece en un sitio pirata en el que consiguieron fotos de documentos. Pensando que hay tantos lugares donde te piden una fotocopia de tu documento, no es raro que alguien venda una base de datos de imágenes.

Tengo dos nombres, tengo por dónde empezar.

Capítulo VII

Lionel Pérez

Lionel Pérez nació en Corrientes, en febrero de 1983 y, dado que no nació prematuro, fue concebido durante la guerra de Malvinas. A diferencia de lo que el sentido común indica, en tiempos de crisis o ante condiciones adversas la tasa de natalidad aumenta. La razón es obvia, el común de la gente ahoga sus penas en la cama, procreando.

Su padre fue un albañil paraguayo y su madre, una bailarina de comparsa. Cuando Lio cumplió dos años, sus padres ya se habían separado. Tres padrastros, una acusación al último de haber abusado de una de sus hermanas, un padre ausente y una madre libertina lo empujaron a la calle a la edad de once años.

En Corrientes limpió vidrios, lustró zapatos, trabajó en una guardería. Un día, mientras bajaba una lancha al agua, vio las llaves del auto de alguien que saldría a pescar y lo dejaría allí por seis horas. Oprimió el cierre automático y un chirrido agudo más un parpadeo de luces resaltaron, entre la docena de candidatos estacionados, la futura puerta de su entrada al delito. Con el tiempo aprendería que algunos autos se cierran solos al rato, que en otros una patada seca en la patente delantera destraba las puertas, que un fleje metido entre el vidrio y el burlete es infalible, pero que una alarma puede pegarte un susto. De los autos sacaba monedas, un par de anteojos o un celular. Dos alarmas disparadas más la queja de algún cliente lo dejaron sin trabajo. Eran los noventa del siglo pasado y conseguir empleo era casi imposible.

El siguiente paso de su carrera delictiva fue robar casas. En la calle había conocido a un chico más grande que tenía una técnica bastante sencilla: aprovechar la hora de misa. Un domingo elegían una familia en la iglesia y la seguían hasta la casa. El domingo siguiente, cuando la familia abandonaba su morada, entraban usando una llave maestra bruta. El mito urbano de la llave maestra es falso, pero una cruz de gomero con una llave bien soldada en la punta puede reventar cualquier cerradura. Dos medias vueltas precisas, enérgicas y abracadabra.

Nunca repetían la iglesia, creyendo que así nadie encontraría el patrón. Eso habría funcionado en una ciudad grande como Buenos Aires. En Corrientes un atraco es noticia y el segundo policía que recibió la denuncia se dio cuenta de lo que estaba pasando. Para el cuarto ataque la policía había reforzado la vigilancia en los alrededores de cada iglesia en la que se estaba dando misa. Los agarraron cargando un televisor. Esa fue su primera entrada en la cárcel. Tenía 18 años.

En seis meses estaba afuera, con un abanico de planes: boquetes, secuestros y levantar autos eran las opciones más prometedoras. Tras las rejas armó bandas, hizo contactos, estudió zonas y los padrinos de esas zonas. Consiguió el permiso de muchos, siendo esta una de las dos grandes capacidades que desarrolló a la sombra: habilidad para relacionarse. La segunda está muy ligada a las capacidades de relacionamiento y es el liderazgo, entendido como la fuerte influencia que podía ejercer entre sus pares. El liderazgo se logra relacionándose desde un peldaño más arriba, virtud heredada de su padre albañil: un metro noventa y la espalda de un luchador olímpico. De haber nacido en otra clase social, habría sido segunda línea de un equipo de rugby. Según Malcolm Gadwell, un escritor americano, más del setenta y cinco por ciento de gerentes generales de empresas son hombres caucásicos de más de un metro ochenta y cinco.

La primera década del nuevo milenio lo enfrentó, en el penal, con esa fracción rara del peronismo conocida como el batallón militante. Su rancho estaba enemistado con el de los adeptos al batallón por poder y no por ideología. Así nació su involucramiento político, en principio como oposición a un partido.

Al salir se dio cuenta rápidamente de que en Corrientes no iba a poder hacer nada de lo que había planeado. En una ciudad chica es imposible salir de la cárcel y volver a delinquir. Cualquier intento y ya sentía las miradas, los chismes, los rumores. Decidió entonces probar suerte en Buenos Aires. Ni bien llegó se afilió al Partido Radical. En un debate no podía imponer sus ideas. Su tonada correntina, la ausencia de sus eses y su lenguaje tumbero lo excluían. Sin embargo a fuerza de aprietes, trabajos sucios y protección de peces gordos fue armando su red de contactos e insertándose en la sociedad.

Lionel Pérez nunca cometió un delito lo suficientemente grande como para merecer una pena de decenas de años o más. Robos a mano armada, estafas, secuestros virtuales. Dos entradas en la cárcel y dos salidas rápidas gracias a sus contactos.

La última vez decidió aprovechar el tiempo. Durante los tres años a la sombra se dedicó a reclutar gente. En la cárcel se pueden conseguir relaciones más cercanas que en cualquier otro ámbito. Lionel había estado dos veces preso, tenía experiencia. Su contextura física y su liderazgo terminaban de completar un cóctel ganador. Conoció asesinos silenciosos, socios obedientes, matones guardaespaldas. Un poco de protección, una tarjeta prepaga, un atado de cigarrillos, una red de protección para las visitas fueron los incentivos para generar fidelidad en el grupo que sería su banda al salir en libertad.

Un día vio un caso de apriete. A un recién llegado le hicieron la fiesta de bienvenida. Sufrió un secuestro virtual, le robaron la comida, los cigarrillos. En un momento, el novato hizo un movimiento rápido y agarró del cuello, con todo el brazo a uno de sus atacantes, por la espalda. Explicó con una claridad y una serenidad sorprendente que si no se iba cada uno a su mesa le rompería el cuello a su presa. Se le rieron. «Entonces a cada uno de ustedes les voy a ir quebrando el cuello» dijo. Tal vez estaba jugándose su última carta, tal vez sabía *Jiu-jitsu*. Lío decidió interceder. "Soltalo y no te va a pasar nada. Yo te voy a cuidar. Soy Lío Pérez" le dijo y le extendió la mano.

—Soy Jonathan Cadosa.

Capítulo VIII

Jonathan Cadosa

Jonathan Cadosa pertenece a una generación de *dotores*. Sus bisabuelos abandonaron España dejando atrás la hambruna que sufrió toda Europa después de la primera guerra mundial. Llegaron muy jóvenes, sin estudios y con muchas ganas de trabajar. Quisieron que sus cuatro hijos estudiaran. Trabajaban veinte horas por día en una panadería propia que fueron construyendo en su casa de Ramos Mejía, un chalet de tejas rojas ubicado en la misma cuadra de la vieja estación de tren con forma de casona. Los cuatro fueron profesionales: un contador, un abogado, un médico y un ingeniero. Todos muy talentosos pero muy poco afectos al trabajo y al sacrificio. Herencia que sus padres no supieron legarles. El abuelo de Jonathan era contador, habilidoso jugador de fútbol que llegó a debutar en la reserva de Ferro, apostador compulsivo y conocedor de cada bar y de cada boliche de zona Oeste. Tuvo tres matrimonios y un hijo en cada uno. El papá de Jonathan nació del tercer intento de formar familia. Un padre ausente y una madre soltera engendraron un hijo trabajador que a los dieciséis años empezó a ganarse la vida como cadete en la panadería familiar de sus abuelos. Nunca terminó la secundaria. El abuelo, que como padre obligó a sus hijos a estudiar, prefirió tener un nieto ocho horas por día trabajando antes que un profesional vago y jugador.

Con el tiempo el papá de Jonathan se quedaría con la panadería y formaría una familia con hijos universitarios, con hijos *dotores*. Jonathan se crió en la panadería. A los seis años trabajaba en la caja, podía dar un vuelto y cerrar las cuentas al final del día. De su abuelo no sólo heredó la facilidad con los números, también los vicios por el juego y esa atracción por la mala vida. Siempre se quedó con dinero de la caja y nunca consideró que fuera un problema ético. Nunca nadie se dio cuenta de su trabajo de hormiga sacando unos pocos pesos cada jornada. Durante la secundaria le prestaba plata a sus amigos cobrando intereses usureros. Empezó a practicar karate primero, luego boxeo y Jiu-jitsu después para no tercerizar la recaudación en algún aspirante a socio malo y grandote.

Para cuando ingresó a la facultad a estudiar Licenciatura en Economía ya sabía de préstamos, de intereses, de cobranzas extrajudiciales, de punitorios, de renegociaciones de deudas.

La ambición desmedida sería motor y ruina al mismo tiempo, en la vida acelerada de Jonathan. A los veinte años creyó tocar el cielo con las manos cambiando cheques. Al principio aceptaba sólo los provenientes de empresas grandes. Un cheque a treinta días de una multinacional, endosado a su nombre, que cambiaba por quince por ciento menos de efectivo. Pero según pasaba el tiempo y las cosas iban saliendo bien empezó a cambiar cheques de empresas más chicas primero y, finalmente, cheques de personas. Al principio los cambiaba por plata, al final por cheques propios. Para cuando un estafador le dejó una media docena de cheques sin fondo que Jonathan cambió por cheques propios al día, su vida era la de un empresario o la de un alto ejecutivo de una multinacional: casa, un auto último modelo *coupé*, todos los días salidas a cenar, mucha noche y poca universidad.

A partir de ese traspié decidió cubrir las pérdidas estafando. En una movimiento preciso cambió una docena de cheques por cheques propios sin fondo, y los que recibió los hizo efectivo con otro cambiador. Hasta ahí una simple estafa, un delito menor. Nada que una quiebra no pudiera resolver. Pero uno de los perjudicados por su maniobra quiso darle una lección mandándole un cuidapuerta de boliche de dos metros de alto y unos ciento veinte kilos de músculo.

El grandote pidió que le devolviera el dinero. Jonathan le explicó que el que cambia un cheque se arriesga y que a veces el riesgo es que te den un *volador*. El patovica entendió que volador era algún tipo de agresión y decidió atacar. No sabía pelear y Jonathan se dedicó a jugar con su adversario. Golpes, palancas, llaves, patadas hasta que el grandote pudo hacerle un abrazo de oso que asfixió a Jonathan hasta casi perder el conocimiento. En el último instante pudo partirle la nariz de un cabezazo y así se soltó. Ni bien tocó el suelo le pegó un golpe en la tráquea provocándole la muerte por asfixia. Lo que la estafa no desencadenó lo logró el homicidio.

Cualquier preso hubiera querido presentarse ante el resto de los reos como un homicida para ganarse el respeto en la *ranchada*. Jonathan no necesitaba desplegar su prontuario para hacerse valer. Su personalidad en la cárcel estaba marcada por su silencio constante, tal vez por no encajar entre toda esa gente sin su educación y sin su capacidad. Los reos se relacionan tirándose golpes o amagando a tirarlos. La velocidad de reacción de Jonathan más su técnica le daban un cierto estatus entre sus pares.

Cuando conoció a Lío Pérez no tenía aún cuarenta años. Era su tercera entrada en la cárcel. Esta vez una estafa, que dados sus antecedentes, lo pusieron tras las rejas. Su socio fue un empleado bancario que encontró una cuenta puente que podía usar para pagar algunas cosas. Jonathan era el autor intelectual. Buscaban entre los clientes del banco aquellos que usaban transferencias bancarias para cobrar sus ventas.

Encontraron, por ejemplo, una casa de electrodomésticos en un pueblo del interior. Compraban un electrodoméstico, lo pagaban con una transferencia desde una cuenta con pocos movimientos a la cuenta puente y desde la cuenta puente a la del comercio. El comercio, de chequear la transferencia, habría visto algo raro, una leyenda que decía transferencia interna. Durante varios meses vendieron electrodomésticos en el mercado negro. Un día consiguieron una agencia de viajes que cobraba por transferencia y esa sería su ruina: de un televisor por mes pasaron a diez pasajes por semana. El primer viaje fue una despedida de solteros a Las Vegas. Diez amigos, entre ellos Jonathan. Los amigos le pagaron el 80% del pasaje, la agencia recibió una transferencia y un centenar de cuentas con pocos movimientos se quedaron con unos cien dólares menos. Resultado: USD 8.000 .- de ganancia y un viaje.

Una auditoría de fin de año terminó con el genial negocio de costo cero. El banco necesitaba limpiar su reputación y Jonathan terminó compartiendo rancho con Lío y su socio, el bancario.

Jonathan era un caso raro en la cárcel pero la cárcel ya no era un lugar raro para él. Un señor cuarentón con aspecto de haber vivido bien, con estudios universitarios incompletos, de familia de clase media: primaria en colegio privado y secundaria en diferentes escuelas con problemas de conducta. Mucha calle pero muy introvertido. Mucha computadora, mucho juego en red. Poca vida social y pocos deportes, salvo artes marciales que son siempre deportes individuales. Un día Lío le preguntó:

—¿Por qué te dejaste apurar cuando nos conocimos?

—¿Por qué no?

—Te podrías haber cargado a cada uno.

—Y pudrirte acá adentro.

—Tenés razón. Mientras estés conmigo no te van a molestar.

— No quiero tu protección.

—Vas a terminar pudriéndote acá adentro.

—Ok. Vemos.

Dos tipos ásperos. Pero que construirían una amistad muy fuerte. Jonathan podría haber sobrevivido sin la ayuda de Lío, pero a su lado la pasó mejor. Lío encontró en Jonathan un ladero dispuesto a todo. Un socio fiel, de pocas palabras.

—¿Y cuando salgamos que vamos a hacer? — preguntó Cadosa.

—Yo tengo muchos contactos —prometió implícitamente Lío.

Y Lío cumpliría.

Capítulo IX

A parar a la comisaría

Lo primero que hago en la mañana es ir a la comisaría de mi barrio. Hay tres o cuatro personas haciendo cola y, si bien sé que se pueden escuchar denuncias interesantes mientras espero, prefiero prender el *mini*, escuchar música y aislarme completamente del mundo. Todo lo que me pasó ayer hoy me lo recuerda mi cuerpo. Me duele mucho el cuello y para mirar a los costados muevo los ojos, en lugar de girar la cabeza. A mitad de la espalda, justo en el punto medio entre la nuca y el coxis, siento un alfiler muy fino, clavado, que el dolor que me provoca no depende de mi postura o de mis movimientos:

me duele siempre. Sumado a todos estos síntomas, la cabeza me funciona a bajas revoluciones. Después de la adrenalina de mi propio secuestro me siento raro, parece que todo a mi alrededor se mueve en cámara lenta.

De repente abro los ojos y una cara chata y redonda me está hablando. Me saca un auricular con un movimiento rápido y preciso, pero no violento. Me pregunta si me siento bien, si necesito que llamen a un médico. Mi cara debe estar demasiado pálida, mis ojeras no ayudan y mi falta de respuesta lo altera un poco. Le cuento que vengo a hacer una denuncia por un caso de secuestro. El intercambio es bastante fluido y le detallo todo lo vivido ayer. No se sorprende. A mí me sorprende que no le sorprenda. Las cosas que debe escuchar un policía que recibe denuncias le sube, definitivamente, el umbral del asombro. Mi historia está por debajo de ese límite.

No le oculto nada, ni mi profesión ni mis conjeturas. Sin embargo prefiero guardarme los nombres que averigüé: Lionel Pérez y Jonathan Cadosa. Seguramente si ellos salen a buscarlos, a dos ex convictos, van a atraparlos rápido y fácil. Yo quiero averiguar un poco más quiénes son y tratar de entender para quién están trabajando.

Salgo caminando de la comisaría y el sol fuerte de una mañana sin una sola nube me reconforta. La luz termina de quitarme el elefante que venía cargando sobre mi espalda. Haberle contado a un policía lo que me pasó es parecido a contarle a un padre, en la niñez, una travesura o a un cura una confesión y cumplir la penitencia. Es una mezcla de liberación con final, con telón que cae. A media cuadra me paro por un instante y hago el gesto de comenzar a aplaudir. La mirada desconcertada de dos chicos que vienen caminando de frente me devuelve a la realidad. Tengo que planear los próximos pasos, tengo que sentarme en un bar. Tengo que comenzar una investigación.

Voy a necesitar dinero para todo lo que tengo que hacer. Voy a pedir información y eso cuesta. Ya no me alcanza con solicitar colaboración en las redes. Mi principal hipótesis es que esto tiene que ver con mi investigación de VotoOnLine. Los que me contrataron me pagan un monto fijo por mi trabajo y todos los gastos en los que incurra al investigar. El procedimiento es bastante sencillo, yo bajo el listado de mis consumos del DGI, ex AFIP, selecciono los que quiero que me reembolsen, y, como hace veinte años cuando todavía se imprimía, imprimo los gastos que quiero que me paguen y voy a dejar en el sobre. Hay cybers que tienen autorizado el uso de impresoras y te dejan imprimir una hoja. Cuando me contrataron me aclararon que sabían que iba a tener gastos y que entendían que había algunos de los cuales no iba a quedar registro: por ejemplo, pagarle a un informante. Voy, entonces, a recurrir a mis *soplones* para averiguar algo más.

Normalmente tengo tres informantes, uno que trabaja en el poder judicial entregando registros de reincidencia y antecedentes penales. Yo ya sé que Pérez y Cadosa tienen antecedentes. Esto me permitirá conocer sus causas. El segundo trabaja en el DGI, el Departamento General de Impuestos. Toda persona en el país tiene su vida registrada en el DGI. Puedo saber los trabajos de una persona, las sociedades que formó o de las que participa. Puedo conseguir información sobre sus bienes accediendo a sus declaraciones de impuesto sobre los bienes personales, conocer sus ganancias declaradas gracias al impuesto a las ganancias, sus consumos de tarjetas. Mi informante del DGI me cobra mucho más que los otros dos. El tercero es un empleado de una empresa de servicios digitales que me consigue datos como domicilio, número de teléfono, cuenta de correo, detalle de información emitida (llamados, mensajes, uso de datos) de los últimos tres meses. Los registros de uso tienen la zona donde se realizaron y puedo saber por dónde estuvo una persona. Los consumos de la tarjeta de crédito que figuran en el DGI también me sirven para saber por dónde estuvo alguien comprando.

El detalle de llamados con ubicación geográfica es mi fuente preferida. Tengo un *software* que dado un registro de fechas y posiciones te muestra en forma gráfica donde estuvo una persona. Lo que hace el programa es dibujar en un mapa círculos más grandes o más pequeños de acuerdo a la inferencia que se puede hacer a partir de las llamadas. El razonamiento sigue estas líneas, aunque es mucho más complejo: si a las diez de la mañana hice una llamada en el punto A y a las doce otra, entonces estuve dos horas en el punto A. Si a las 15 hice una desde el punto B, asumiendo un tiempo de traslado asociado a la distancia entra A y B, se puede inferir la hora a la que llegué a B. A más tiempo, círculos más grandes. Además el círculo tiene más brillo cuando hay más llamadas en la zona. Tocando el círculo se pueden ver fechas y horas. Un círculo grande y brillante es una probabilidad bastante cierta de que una persona haya estado un tiempo prolongado en un lugar.

Después de caminar dos cuadras me siento en un bar, me comunico con mi amigo de la empresa digital y consigo las comunicaciones hechas por Cadosa en los últimos días. Resulta ser una persona bastante repetitiva en su comportamiento: distribuye su vida entre su casa y un taller mecánico, con horario corrido de nueve a dieciocho, de lunes a viernes.

No tengo un plan, pero hoy detrás de la ventana de un bar que refleja un sol que encandila, tengo en una mano, un logro que me libera y me da una sensación concreta de cierre de una etapa: la denuncia. En la otra el próximo paso, que el hecho de conocerlo, de planearlo, me da seguridad e impulso, me hace sentir dueño de mi propio destino: voy a ir al taller, voy a seguir a Jonathan Cadosa.

Capítulo X

Al acecho

El taller queda en la vieja calle Warnes y decido ir a ver a Cadosa. Antes de salir me coloco mi *backcap*, una gorra que tiene una pequeña cámara en mi nuca. Esta cámara va a ir filmando todo lo que se coloque a mis espaldas y al final del día me voy a dedicar a ver si alguien me siguió. Es una tecnología básica que usa la policía vial para reconocer patentes y en algunos departamentos que trabajan buscando personas, básicamente porque sirve para reconocer patentes o caras. El procesamiento de unas doce horas de filmación lleva una hora. El *software* busca caras o patentes que se repitan. Una cara que se repite en distintos entornos es probablemente alguien que persigue al portador del dispositivo. Lo mismo con los autos.

Cadosa me conoce, no puedo aparecer en su taller fingiendo un problema en la correa del distribuidor. Además no sé qué estoy yendo a hacer. En mi mejor fantasía lo sigo hasta que él se encuentra con la persona que lo contrató para secuestrarme, pero eso sólo pasa en las novelas.

En frente al taller hay un bar. Me acomodo cerca de la ventana y le digo al mozo que tengo un examen, que me voy a quedar estudiando unas horas, que pienso consumir dos o tres veces. No hay problema, me dice, y me cuenta que tiene muchos estudiantes, escritores o empresarios que le usan el boliche de oficina o de biblioteca. Desde acá puedo reconocer que la filmación que vi y que las fotos que encontré coinciden con uno de los empleados del taller. Encontré a uno de los dos. La alegría por el hallazgo se me pasa a los quince minutos. Espiar a alguien es muy aburrido. No entiendo como Gran Hermano, esa espía permanente de la vida de los otros, sobrevivió tanto tiempo. Cadosa trabaja, habla con sus compañeros, usa su celular, toma mate, come facturas. Está en la caja mucho tiempo y se lo bastante limpio: es un empleado administrativo del taller.

Después de unas tres horas, harto de ver la vida de un taller mecánico en cine mudo, decido actuar. Esta vigilancia pasiva me sirve para pensar el próximo paso. Debería comunicarme con Cadosa.

Podría tener un intercambio con él y sacarle información. Tal vez fingir que soy un vendedor de aros de pistón o un sabueso del DGI. Hacer esto requeriría un disfraz para ocultar mi identidad. No me convence. Le voy a escribir una carta. Le voy a escribir diciéndole que se comunique conmigo:

Jonathan:

> Soy Messi, me siguen, no quiero que me vean con vos. Entrá a Gmail, cuenta Lionel728, clave 728728. Escribí un borrador. Yo escribo otro. Así los mails nunca los puede ver nadie. Hacelo desde una wifi pública con una pc limpia o en un cyber viejo sin cámaras.

La complejidad del método atenta contra la posible incapacidad técnica de Cadosa. Por alguna razón imaginaba a un ex convicto, pero ahora que lo veo detrás de la caja, dudo de su ignorancia. Además, es un secuestrador y ellos son especialistas en comunicarse sin dejar pistas. Le debí haber pedido algo más sencillo, pero esta paranoia me va a ayudar. Tengo que conectarme con él desde mi situación de perseguido y generar empatía, que se ponga en mi lugar y que me ayude. Por otro lado soy el jefe, el que en el auto me pareció el jefe. El modo imperativo y sintético de la carta refuerza mi condición de superior.

Ahora tengo que hacerle llegar la carta. Acercarme al taller no es una opción. Tal vez acercarme en un momento que lo veo ir al baño o a comer. Es riesgoso. Seguro que hay cámaras en el negocio, por supuesto que hay cámaras en las calles. Las cámaras de la calle limitan la posibilidad de darle la carta a un limpiavidrios en una esquina que por unos pocos patakones haría la entrega.

Voy a llamar a un motocadete. Voy a llamarlo desde un celular limpio que tengo para estos casos. El equipo lo compré prepago en un supermercado. El chip lo compré en el subte con media hora de carga por cinco patakones. El mito urbano dice que estos chips provienen de una estafa mayúscula hecha por un paraguayo que compró un centenar de equipos subvencionados y se los llevó para su país. Los chips los dejó acá y los vendió por menos de cinco patakones cada uno o los regaló. Si a cada equipo lo vendió por 500 dólares y acá había pagado 100 dólares por cada equipo subvencionado, es un negocio de 40.000 dólares. Los chips no hacen diferencia.

Dejo de pensar en cosas que no me llevan a nada. Vuelvo al llamado. En la empresa de motocadetes no hacen demasiadas preguntas. Cuál es el trámite, a dónde enviar la carta, dónde ir a buscarla. Cuando me preguntan por la dirección me doy cuenta de que estoy en un café a dos cuadras del lugar de entrega. No quiero que eso pase, no quiero tartamudear o dudar y no me refiero a mi problema con las erres. Entonces empiezo a decir: *hola, hola, no se escucha* sin importarme que del otro lado me digan yo si te escucho. Trato de hablar sobre mi interlocutor para que mi actuación sea más creíble. Corto y antes de llamar otra vez reviso entre todos los datos que conseguí la dirección de la casa de Cadosa. Está lejos del bar: si pido que le lleven la carta a su casa resuelvo parte del problema. Ahora sí, llamo y pido un motocadete. Voy a tener que esperar a que vuelva del trabajo para poder hablar con él. Paciencia.

En cinco minutos llega el motocadete. Tiene un aspecto desalineado y mucho olor a porro. Los motocadetes son todos iguales, una mezcla equilibrada de heavy metal con hippie psicodélico. Además, todos son expeditivos y de pocas palabras. Tengo un diálogo, con el joven apático, monosilábico donde él sólo responde *se* y *ajá* cuando le pido que lleve la carta a la casa de Cadosa. Deja un olor a marihuana en el aire que tarda en disiparse. El diálogo vacío con el motocadete y las preguntas sistematizadas del operador sin importarle mi respuesta me hacen pensar que quizás tomé demasiados recaudos.

El hecho de haberle enviado la carta a la casa reduce el tiempo entre que él la reciba y haga lo que le pido. Si se la hubiera llevado al taller, capaz que decidía llamar a Lío en lugar de sentarse a mandar un email. No lo planeé pero me gusta mirar en perspectiva y ver que a veces las cosas me salen bien, que parecen precisamente calculadas.

Cuando vuelvo a casa, lo primero que hago es correr el *software* que analiza todo lo grabado por mi *back cap*. A medida que va procesando caras y patentes las va mostrando en una lista. Es realmente increíble ver todas esas caras (o patentes) que crucé en cuatro horas. Mientras corre el proceso se me ocurre la posibilidad de que Lionel Pérez, como diría un informe policial, de sobrenombre Messi, esté siguiéndome.

Podría pensar que Cadosa también me está siguiendo pero lo vi en el taller. Una vez que procesa la lista de caras comienza a buscar repeticiones y aparece un señor que estuvo sentado en el colectivo detrás de mí. El *software* me deja agregar una foto de Messi y no matchea con ninguna de las caras de la lista.

A las seis de la tarde escribo un email en la cuenta que acordamos para hablar con Cadosa y lo guardo en la carpeta borrador. El asunto dice Jonathan leer. El cuerpo dice:

Voy a estar tres horas en un cyber. Escribime.

A las siete, una hora después de que Cadosa salió del taller y tal como lo planeé, veo que en la bandeja de entrada de la cuenta aparece un email enviado a mí mismo que dice acá estoy. Nunca entendió lo de hacer los borradores. Contestó sobre el mismo email enviado, sabiendo que este método es menos seguro que el que yo sugerí. Estoy haciéndole creer a Jonathan que nos siguen y no que soy un secuestrador tratando de no dejar pistas. Mejor seguirle la corriente y no decir nada.

Le respondo un simple: *Por fin.* Su respuesta es bastante predecible, me pregunta por qué no chateamos. Me estoy haciendo pasar por un ex convicto que estuvo en prisión, no debería extenderme demasiado. Un recurso común en una discusión para dejar a un interlocutor sin posibilidades de contratacar es poner una idea en boca de otro. Voy a usar ese recurso, y esperando un milagro, le digo:

—Me mandaron un tipo que me dijo qué hacer.

Una respuesta corta y unos segundos conteniendo la respiración. Y el milagro sucede:

—¿Un tipo de Ferrán?

Todo lo que viene después de esta pregunta es de regalo. Conseguí un nombre. Ahora estoy más relajado y empiezo entonces a soltar mi imaginación y explorar otros caminos. Sin un plan. Cómodo y con la tranquilidad de haber conseguido información, le digo:

—El tipo me dijo que los del llamado en el auto son de la policía antisecuestro. Tienen una foto del peaje.

La respuesta debería incomodarme. Pero voy a volver a usar la receta de tercerizar una opinión.

—¡Nosotros fuimos por abajo!

Me contesta inmediatamente. A lo que respondo con la misma velocidad.

—Es lo que dijo el tipo de Ferrán. Ya sé que fuimos por abajo.

Creo que puedo averiguar algo más.

— Me dijo el tipo este que hay que ir hasta donde llevábamos el paquete. Pasado mañana a las 9:00. Me pidió que te mande un remis de confianza. Guialo vos, que no sepa el destino hasta llegar.

Tengo un taxista de confianza al cual puedo darle uno de esos aparatitos que guarda el camino recorrido. Voy a averiguar a dónde me llevaban secuestrado, en qué lugar no pudieron dejarme.

La respuesta es un broche de oro inesperado:

— Pasame la dirección. Yo sé más o menos como llegar. Pero no la sé exactamente. Recuerdo haber escrito en el GPS la calle Santamarina.

El GPS tiene el destino final. No necesito mandar un remis. Necesito conseguir el GPS del auto. No puedo hacer como cuando hablé por teléfono y fingir que no se escucha para cortar.

— La dirección la tenía en el celular y perdí el celu cuando bajé del auto. Hay unos canas entrando al cyber. Yo te busco. Chau.

Tengo que ir a ver a la policía, que seguramente ya secuestró el auto abandonado, y conseguir el GPS. Tengo un nombre y potencialmente una dirección.

Capítulo XI

La casona

Antes de irme a dormir entro a la cuenta de Gmail y me encuentro con un Cadosa desesperado. Doce mails preguntándome qué pasó, dónde estoy. En el último me avisa que no me llama porque va a esperar el aviso de que recuperé mi teléfono. Si llamaba a Cadosa, se acababa mi actuación. Su desesperación me sugiere que no llamó, que mi asunto sobre el celular perdido, sobre mi situación de perseguido, hizo que no llamara. Y por supuesto, la suerte de que Lío no lo llamara tampoco, cuestión que no me consta. Le escribo:

Me siguen. No puedo hablar. Se canceló lo de mañana.

Al día siguiente voy a ver al inspector cara de sartén que me tomó declaración ayer a la mañana. Le cuento que durante el día hice algunas averiguaciones y que descubrí a mis secuestradores. Se pone un poco molesto, especialmente cuando le toca contarme su avance y ellos, por el momento, sólo retiraron el auto abandonado en Avellaneda. El haber encontrado el auto me dio una cuota de credibilidad con el inspector. Mi denuncia se volvió consistente. Hablar del auto me da el pie para pedirle ver el GPS. No es un pedido sencillo para hacerle a un policía, me estoy metiendo en su trabajo. Tengo muchos años de interactuar con la cana, son cerrados y muy celosos de sus investigaciones pero, desde un principio, me pareció que este tipo aprecia mi sinceridad. Le cuento que tuve mucho miedo en el baúl y que quiero saber quién me sigue, le pido que me ayude. Salimos entonces hacia un depósito que el señor agente, con toda la pompa de su jerga, llama *sector de rodados sustraídos*. Me aclara también que está debajo de la autopista y que parece un depósito de chatarras.

En el viaje, el inspector me pide muchos detalles sobre mi trabajo. Le encanta la cámara diminuta que llevo en la parte de atrás de mi gorra. Le prometo que si encuentro algo estos días que la estoy usando, le voy a pasar info.

Me cuenta que mañana me iban a llamar para ir a identificar el auto y que accedió a que fuéramos ahora porque hoy o mañana para él es lo mismo. Mi teoría de la conexión que teníamos se hace pedazos.

— ¿Me dijiste algo del GPS? –me dice el policía.
— Sí. Quiero ver a dónde me llevaban.
— ¿Tenés guantes para tocar el GPS? Si no te traigo.
— Sí.
— Tu aparatito suena bien. Nunca había hablado con alguien… así.
—Si lo desconecto mis respuestas van a impacientarte.

Cuando llegamos al galpón, saca un handy con lector de huella digital, toma la de mi pulgar, me enfoca con la cámara para asociarla con mi foto y me entrevista. Me pregunta si ese es el auto donde estuve secuestrado. Ahora en el expediente electrónico aparezco yo diciendo que reconocí el auto. El servidor de la policía va a procesar mi entrevista y a ponerla en texto, asociada al expediente electrónico. Los handys de la policía sirven para filmar, grabar, registrar y reportar la posición de quien lo lleva. Los usan también para intercomunicarse en el campo, hablar con la central, subir y bajar información. El inspector cara de pizza no se lleva muy bien con el handy.

Meto, cuidadosamente, medio cuerpo en el auto y busco en el GPS la última dirección guardada: Santamarina 183. Se la digo al inspector, la anota en una libretita, es un señor con costumbres anticuadas de lápiz y papel como lo presentí cuando me filmó.

—Santamarina 183 –dice.

Nos separamos y yo me voy para casa. Antes de irme me recuerda mi promesa sobre la información de la camarita. No sé si está sorprendido tecnológicamente o me está siguiendo y tiene miedo de aparecer en mis filmaciones. Creo que estoy paranoico.

Ya en casa, bajo la información de la cámara y me pongo a buscar datos de la dirección de Avellaneda. Es una casona muy grande, vieja pero muy bien mantenida, en un predio de mil metros cuadrados: una manzana entera. Está a nombre de un tal Horacio Sarán, setenta años, jubilado bancario, clase media. No entiendo cómo este señor puede tener, y mantener, una mansión de estas dimensiones. Busco sociedades a su nombre, apariciones en diarios, perfil laboral. Sólo encuentro lo de su empleo en un banco. Puede haber sido un empleado bien pago, demasiado bien pago. Podría pedirle información a mi amigo informante del DGI pero tengo que separar mi curiosidad de mi objetivo. Santamarina 183, aún no sé, pero espero averiguarlo, por qué me llevaban allí.

Ahora tengo un nombre más: Sarán Horacio, un jubilado inverosímil con una casa imposible. Al nombre de Ferrán que me entregó Cadosa le tengo buscar alguna conexión con Sarán. Riman, podrían aparecer en un poema. Hago una mueca y me avergüenzo de hacer chistes en mi cabeza. Es bueno tener humor.

Entro a Gmail para hablar con Cadosa. Por un momento me siento mal por todo el engaño que estoy armando. Se me pasa rápido, vuelvo a ser Messi, el apodo de Lionel Pérez. Hay diez mensajes sin demasiados datos más que un "hola" o un "conectate". Está ansioso. Le doy la dirección de la casona pero le digo que se suspendió la reunión de mañana. Necesito mostrarle que tengo información, que soy su compañero pero que soy su jefe y que sé más que él. De cualquier forma, por ahora no lo necesito. Le digo que me piden que vaya a Pergamino, quiero ver si sale algo. Es como pegarle desde afuera del área: pocas posibilidades de que sea gol, algunas chances de rebote y casi seguro que se va afuera o la ataja el arquero. Su siguiente mail me complica, se lo nota inquieto, me pregunta por qué no tiene que ir él también. Le digo que sigo órdenes y desvío la atención diciéndole, que si no me comunico en dos días, que se guarde, que tengo miedo. Guarde es lenguaje tumbero o lunfardo y quiero decirle que se esconda, que se quede en su departamento. Tengo miedo a cometer un error y por eso accedo a mostrarme vulnerable. Le digo que no sé cuándo me voy a volver a conectar. Le pegué desde afuera y la mandé al lateral.

El *software* de reconocimiento de caras termina y hay una cara repetida que no necesito chequear para saber quién es: Lionel Pérez, alias Messi. El tipo que estoy representando ante Cadosa me está siguiendo. Viendo los horarios y las fotos me doy cuenta de que me siguió desde la salida de casa hasta llegar a la policía. En realidad hasta estar cerca de la policía. Evidentemente no quiere saber nada con andar paseando alrededor de una comisaría. Si me hubiera seguido ayer cuando fui a ver a Cadosa, hoy yo estaría en problemas o ya no estaría. Ayer tendría que haberme seguido en auto pero, ayer, el *software* no reconoció ningún auto que me siguiera. Estoy paranoico y tengo razones para estarlo.

Capitulo XII

La conexión VotoOnLine

Es tiempo de investigar los dos nombres que tengo:
Sarán y Ferrán. Hay muchos Saranes y Ferranes y
cuando los busco aparecen cientos de páginas.
Necesito refinar el *search*, afinar la puntería. Escribo
entonces: *Horacio Sarán* entre comillas y *Ferrán*. Esto
sirve para buscar exactamente *Horacio, un espacio,
Sarán* y luego *Ferrán* en la misma página. Un truco
propio de un técnico, de un informático, que tuve
que aprender para mi trabajo diario. El buscador me
devuelve tres páginas: en una entre Horacio y Sarán
hay un punto.

Horacio.Sarán

Yo le pedí un espacio, pero el buscador se hace el inteligente. Horacio termina una oración y la siguiente empieza con Sarán. Y por supuesto hay un Ferrán cerca, en el siguiente párrafo. No me sirve. La siguiente, sí. La siguiente es parte de los respetos presentados en las necrológicas de un diario de Pergamino. Daniel Ferrán-ahora Ferrán tiene nombre-, y Horacio Sarán le dan su pésame a la familia de alguien. No figuran uno al lado del otro, hay como diez personas en el medio, por eso esta página, tan útil a mis intereses, no me llamó la atención en mi primera búsqueda. Debe haber estado escondida entre los cien resultados más allá de la página tres o cuatro. Los buscadores ordenan la lista por proximidad de las palabras encontradas en la página devuelta.

Unas pocas búsquedas más y resulta que Daniel Ferrán es dueño de mucho campo sojero en la medialuna argentina de las tierras fértiles. No tiene vida social cibernética. Sarán tampoco. Recién cuando busco a uno y a otro entre comillas, ahora con el nombre y apellido de cada uno, encuentro el blog de un periodista deportivo donde aparecen: el periodista se llama Gastón Golash. Este señor Golash tiene una edad acorde, según la foto, a la de Sarán y Ferrán. Parece que los tres jugaron en la cuarta división del club Sirio de Pergamino de 1986. En el blog está la lista completa de jugadores. En ese entonces no había ni Internet ni diarios digitales. Ahora Golash escribe columnas deportivas en el diario local: *La Opinión de Pergamino.*

Busco información de cada uno de los que aparecen en la lista. Necesito uno que viva en el exterior, tal vez ingenuamente, creo que eso aumenta las chances de que Golash, el periodista, no esté en contacto con él. Un par de clicks y tengo a mi candidato: Pablo Martino, que está viviendo hace muchos años en Madrid y no tiene fotos o viajes en los últimos años a Argentina. Martino y Golash tienen red social y no están conectados. Martino tiene baja su configuración de seguridad. Una vez más voy a usar el truco de hacerme pasar por otro al enviar un email, pero esta vez necesito que me conteste. Abro una cuenta con el nombre y el apellido de la identidad que quiero adquirir más un 1968 que es el año de nacimiento de este tal Martino, dato que saqué de su página. La dirección no está usada y en cuestión de segundos tengo una cuenta. Le voy a pedir una lista con los emails de los que jugábamos en aquel glorioso equipo de rugby en nuestra adolescencia. Voy a apelar a su costado sentimental y no me preocupa nada usar un golpe bajo. Me invento una enfermedad terminal y una necesidad de reencontrarme con mis amistades de juventud. En el momento de *enviar* se me ocurre que lo de la enfermedad terminal puede haber sido demasiado. Ahora hay que esperar a ver si Golash *pica*.

Una hora después llega la respuesta del periodista. Me dice *Coqui*, me dice perdido, se alegra un montón y me cuenta que me va a mandar una invitación por red social. Esto no me sirve. No puedo pedirle que no lo haga, lo mejor es jugarme a que seguimos la conversación por mail. Sin necesidad de insistir, dos correos más tarde me pasa una lista con nombres, direcciones de correo y números de celulares. De la lista de nombres uno es el CEO, el gerente general de la empresa que tuve que investigar: VotoOnLine. Abro los ojos desmesuradamente y no puedo creer lo que está pasando. La habitación se me hace más luminosa. Juego inconscientemente entrelazando los dedos una y otra vez. Mis manos me avisan que algo hizo *click*, que algo encajó.

Todo este enjambre de identidades falsas, mails impostados e investigaciones para finalmente saber que el CEO de VotoOnLine, la empresa que tuve que investigar, es Fernando Bigote, número cuatro en la lista que me envió Golash. Él sí tiene vida social cibernética y está en contacto con el periodista. Ferrán es un productor sojero adinerado. ¿Tendrá algo que ver con Bigote? Por el momento Sarán, Ferrán y Bigote jugaron juntos al rugby en el 86 del siglo pasado. Durante mi investigación averigüé que la empresa de Bigote era una pequeña *PyME* de desarrollo de *software* que explotó en el 2.000. A principios de milenio hubo una época en la que cualquier persona con alguna idea creaba su *puntocom*. Este movimiento empezó en California y contagió a todo el mundo. Alguien con una idea escribía un plan de negocios, hacía un sitio, contactaba a unos inversores y se volvía millonario. En Argentina fueron muy pocos los que llegaron a crear una empresa y cotizar en bolsa. Todo terminó con una crisis conocida como *la burbuja de las puntocom* y luego una crisis local con cinco presidentes en una semana. Unos de los integrantes de esta fauna eran los llamados ángeles pero pronunciado en inglés: *einyels*. Encuentro información de uno que dice haberlos asesorado, que alguien les puso mucha plata y que no hicieron un IPO (que se pronuncia *aipiou*). Un IPO es cotizar en bolsa.

VotoOnLine es una SRL, Sociedad de Responsabilidad Limitada, y puedo buscar cómo se compone su paquete accionario. Fueron tres socios al principio, después hay dos cambios de cantidad de acciones y distribución. Hoy Ferrán es el único dueño y del capital accionario se deduce que hubo una fuerte inyección de dinero. Si pudiera dar con los dos ex socios, podría saber qué pasó.

La alarma de una cita que puse hace un año en mi calendario me avisa que tengo que renovar mi cuota de socio de Boca. Un trámite que tengo que hacer en forma personalizada. En realidad es un trámite que prefiero hacer cara a cara porque quiero asegurarme mi entrada a la cancha. Los socios hablamos y sabemos, o conocemos el rumor, del socio que llama para renovar y quien lo atiende le dice que está todo ok. Sin embargo, nunca le hacen la transacción bancaria y le venden el lugar, que se libera por falta de pago, a un tercero que estaba en lista de espera dispuesto a pagar un sobreprecio. El que perdió el asiento se entera de que su renovación falló cuando la tarjeta de su abono devuelve una luz roja en el primer molinete de acceso a la cancha, cuando ingenuamente va el domingo ilusionado a ver a *Boquita*. Ahí empieza una procesión por distintos puestos de atención donde termina averiguando que su tarjeta de crédito rechazó el pago de la renovación. Mentira que, quien lo atendió, inventó para ganarse la *cometa* del nuevo socio.

Me tomo un colectivo hacia la cancha y uso el viaje para pensar, para planear el próximo paso. La ciudad me resulta desconocida y creo saber por qué. Nunca miro por la ventanilla, siempre voy metido en mi móvil, conectado, jugando, leyendo. La ciudad está llena de carteles digitales. Hay algunos carteles *grafiteados* digitalmente. No conocía la costumbre pero no me sorprende. Deben *hackearlos*.

El colectivo avanza a paso de hombre. Circula entre otros colectivos. En las avenidas de Buenos Aires sólo circula el transporte público y los taxis. El tráfico es un caos. Bocinazos, gente que se pelea, peatones que se enojan, colectiveros antipáticos. ¿Habrá sido siempre así?

Voy a repasar mi investigación. Me secuestraron dos tipos: Cadosa y Pérez. Cadosa me dio el nombre de Sarán, un tipo de guita, el cerebro detrás de mi abducción. Averigüé que me llevaban a una casona y que su dueño era un tal Ferrán, un jubilado inverosímil. Que estos dos jugaron juntos al *rugby* y que lo hicieron con un tal Bigote, CEO de VotoOnLine, en Pergamino en 1986. Y yo, además, estoy investigando a VotoOnLine. Cerré un círculo y lo cerré bien. Me quedó un único camino sin cerrar o se me abrió una nueva línea al avanzar: cómo fue que Ferrán se volvió socio mayoritario.

Llego a la Boca y después de media hora de cola renuevo mi abono. La Boca parece un lugar viejo, sucio, abandonado, olvidado de la capital. Hay indigentes, chicos pidiendo en la calle, conventillos, casas de chapa, calles rotas. Barracas se volvió un lugar lleno de oficinas, del otro lado del Riachuelo, Avellaneda crece. Pero el progreso pasó por encima de la Boca. Por encima pero a muchos metros de altura.

En la cola me encuentro con un compañero de tribuna. Me dice *Darveider*, por el uso del *minrider* con parlante. Tenemos una charla sin importancia pero amena. Me siento muy cómodo hablando con otro socio. Voy a retomar mi investigación a partir del último dato que averigüé: los dos socios que dejaron VotoOnLine a partir del cambio de paquete accionario.

En el colectivo de vuelta me pongo a buscar y encuentro que los ex socios tienen vida social y los dos tienen red profesional: sus curriculums dicen que son emprendedores. Se me ocurre un plan. Un plan complejo.

Capítulo XIII

Los dos ex

Mi plan complejo consiste en ponerme en contacto con los dos ex socios a partir de una puesta en escena. El primer paso es alquilar un lugar. Voy a arrendar una oficina temporaria. No es un gasto significativo, se puede alquilar una sala para una reunión por dos horas.

Los dos emprendedores se llaman Horacio Falonso y Juan Refaud. Dos señores inquietos que al salir fundaron cada uno su propia consultora. Son hombres de negocios, proveedores de servicios de informática a grandes empresas. Sé cómo llegar a ellos.

Los invito a los dos a conectarse explicándoles que tengo un proyecto para armar una empresa de votaciones en línea. Los dos aceptan y les escribo contándoles lo que quiero hacer: mi plan es hacer un producto de *software* como el que vende VotoOnLine en dos diferentes versiones. Una versión abierta, *open source*, y una versión con soporte. Pienso ganar dinero con el soporte y masividad con la abierta. Les cuento que la plata la pone un inversor extranjero.

Falonso plantea sus dudas pero es evidente su interés en mi idea. Refaud es más inteligente y hace preguntas retóricas, como por ejemplo preguntarme por qué ellos dos. La cadena de mails escritos, al menos de mi parte, en un viaje desde la Boca a casa, alcanza rápidamente una docena de idas y vueltas. Finalmente los invito a una entrevista en mi oficina.

Aceptan la entrevista y cuando nos conocemos cara a cara, al día siguiente, nos tratamos como si fuéramos viejos conocidos. Son dos señores de cuarenta y pocos años, con ropa sport y piel bronceada. Tienen aspecto de empresarios tecnológicos: no tan formales como un abogado de consultora ni tan casuales como un diseñador gráfico o un arquitecto.

Durante la entrevista despliegan todos sus conocimientos. Tienen muchas ideas. Alardean, despliegan sus habilidades como un pavo real lo hace con su cola. Sorprendentemente se esmeran por saber quién es el inversor extranjero. Preguntan demasiado y me dan el pie. Les digo que su insistencia me lleva a preguntarles cómo fue su salida de VotoOnLine.

Cuando Refaud toma aire para contestarme, lo detengo mostrándole la palma de mi mano y les digo:

—La respuesta va a tener que esperar. Me la van a dar en una parrilla que me gusta mucho, en Puerto Madero. Yo los invito.

Aceptan el convite, que es parte de mi estrategia para hacerles soltar la lengua. En el taxi les aclaro que no puedo comer un asado sin vino. Ya en el restaurante, elijo de la carta un excelente carmenere chileno. La segunda copa me vuelve más miserable y pienso en la posibilidad de pasar este almuerzo como gasto de representación de la investigación que estoy haciendo para VotoOnLine. Cobrarle a VotoOnLine algo de lo que estoy investigando sobre mi secuestro me presenta ante la siguiente disyuntiva: ¿Les cobro porque soy miserable o porque estoy seguro de que el encargo de investigarlos está relacionado con mi secuestro?

Bajo el efecto del vino, les cuento el chiste de los cien patakones, el vuelto y la ética:

— Vas a un comercio, pagás con diez patakones y te devuelven vuelto de cien. ¿Cuál sería la siguiente acción éticamente correcta?

— Decirle al comerciante que se equivocó y devolverle la plata.

— No. Volver a tu empresa y darle la mitad del vuelto a tu socio.

El chiste es malo, pero tiene una intención: quiero poner sobre la mesa el tema de la fidelidad entre socios. Me miran con cara rara. No saben bien de qué les estoy hablando, tal vez creen que les quiero proponer algún negocio sucio. Me miran con desconfianza, uno se cruza de brazos y el otro se aleja de la mesa. Les pido que se tranquilicen, y les aclaro que yo sólo estaba hablando de la relación entre socios, que para mí debe ser como la que hay entre hermanos. Asienten y se relajan. Les digo que me interesa saber cómo salieron de VotoOnLine porque creo que conocer sus límites y sus expectativas va a afianzar nuestra relación. Me frenan en seco, me dicen que me van a contar porque es muy sencillo. Tuvieron dos inyecciones de capital, el primer ingreso de capital lo puso Ferrán, el segundo lo puso el partido conservador.

Otra vez los dedos de mis manos se entrelazan. Inconscientemente. Otra vez el día parece más claro. Ahora apareció un partido político poniendo plata. Y esa plata la puso Ferrán. Algo volvió a hacer clic.

Capítulo XIV

Fanáticos

La complejidad de personas y relaciones me empieza a marear. Necesito poner en claro todo lo que tengo. Podría hacerlo en una computadora, pero prefiero tocar, ver, mover fotos, unirlas con hilos de colores y pinchar el corcho. Empiezo con una foto de Jonathan Cadosa. Le hago una ficha que dice "secuestrador", "ex convicto". Al lado, pego una foto de Lionel Pérez y tiro un hilo entre los dos del cual cuelgo una etiqueta que dice "líder". Pongo una foto de Horacio Sarán y en su ficha escribo "dueño de la casona". No tengo evidencia de una relación entre Sarán y los secuestradores, por lo tanto no los conecto, si bien podrían conocerse. En células guerrilleras la relación de conocimiento es muy débil y los que resuelven una etapa, en un atentado por ejemplo, no conocen al siguiente equipo. Pincho en el corcho una foto de Daniel Ferrán y en su ficha escribo "millonario", "sojero"y "padrino", seguido de un signo de pregunta. Me parece que, por decirlo de alguna forma, él es de más alto rango y, por eso, está más arriba que el resto en la plancha. Y el padrino siempre es el de más arriba en el corcho. Entre Ferrán y Sarán tiro un hilo y le cuelgo una etiqueta que dice testaferro, cosa de la que no estoy seguro. Le pondría un signo de pregunta, pero me parece que un indicador de la mala calidad de un diagrama de este tipo es la mayor cantidad de suposiciones. La foto de Fernando Bigote va más abajo que la de Ferrán pero más arriba que la de los secuestradores. Bigote es el gerente general de VotoOnLine. Hay más información que me parece que completaría el dibujo. El paso por la cárcel de Cadosa y Pérez, por un lado, y el hecho de haber jugado juntos al rugby en su adolescencia de Sarán, Ferrán y Bigote, por el otro. Lo voy a resolver con unas etiquetas autoadhesivas del tamaño de una moneda de diez centavos de patakón. Son etiquetas que uso para tapar los impactos en un blanco en el polígono. Etiquetas verdes para los que estuvieron en la cárcel y rojas para los que jugaron al rugby. Abajo a la derecha, una aclaración de qué es cada etiqueta. A los actores secundarios también los dibujo.

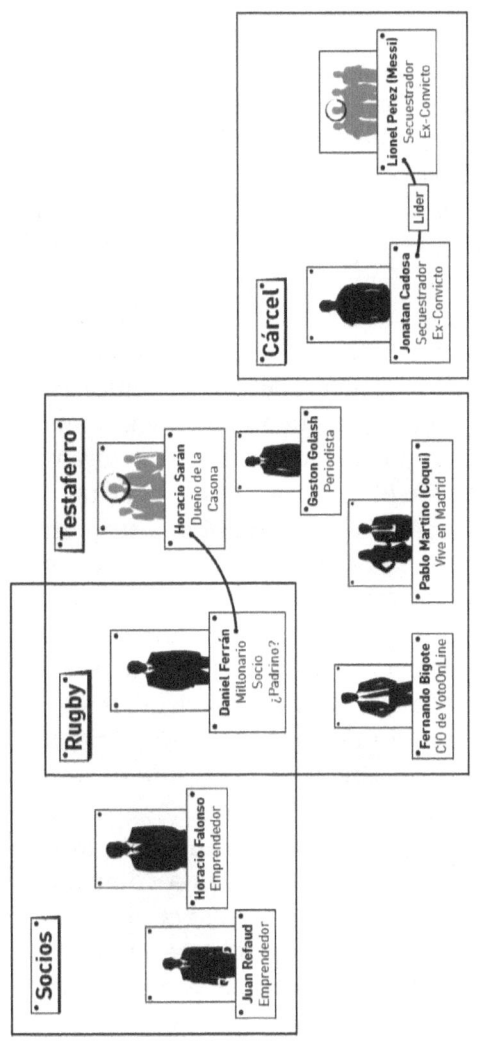

Socios

Juan Refaud
Emprendedor

Horacio Falonso
Emprendedor

Rugby

Daniel Ferrán
Millonario
¿Padrino?

Testaferro

Horacio Sarán
Dueño de la
Casona

Gaston Golash
Periodista

Pablo Martino (Coqui)
Vive en Madrid

Fernando Bigote
CIO de VotoOnLine

Cárcel

Jonatan Cadosa
Secuestrador
Ex-Convicto

Líder

Lionel Perez (Messi)
Secuestrador
Ex-Convicto

¿Y yo? En otros diagramas no me dibujo, porque siempre mi rol o mi hilo de relación debería decir "investiga". En este caso yo investigo a VotoOnLine, pero fui secuestrado por los dos ex convictos y hay una relación que me gustaría descubrir: ¿Quién me contrató? ¿Estará entre los que cuelgan en el corcho?

Voy a ir a ver a Bigote. Le voy a inventar que soy de un club de barrio y que hay elecciones. Practico el diálogo que tendríamos y me parece que es muy poco un club de barrio. Hay elecciones en Boca y podría hacerme pasar por alguien de sistemas del club y decirle que quiero organizar una votación electrónica. Pero ellos hacen eso en Boca para que la gente vote cambiar un jugador o elegir quién patea un penal. Seguramente ya tiene una relación estrecha con gente del club.

Tengo una hipótesis: VotoOnLine comparte resultados parciales con la prensa. Pero es sólo una hipótesis y todavía necesito un método para investigarlo. No puedo caer y preguntarle: ¿Ustedes *truchan* las elecciones? El voto electrónico es seguro, hace veinte años que votamos electrónicamente. Los resultados parciales y el "boca de urna" están prohibidos y la razón es muy sencilla: un boca de urna marca y genera tendencia. Marca porque es una cuestión estadística y si fuera exhaustivo mostraría fehacientemente el progreso de una votación. En un sufragio electrónico es sencillo saber el progreso sin la necesidad de consultarles a los votantes *a boca de urna*. Sin embargo lo que se quiere evitar son conclusiones del tipo "lo voto a tal porque va ganado" o "no lo voto a cual porque viene mal". Me gustaría ver un experimento de votaciones con información de tendencia total.

Para ver a Bigote necesito una alternativa. Se me ocurre un plan. Ir a la prensa y decirles, a los periodistas, que VotoOnLine vende información de resultados parciales. Tengo un amigo de medios gráficos al que llamo y tira mi plan por el piso. Me pide nombres, evidencia y no tengo nada de eso. Desisto de ir a ver a Bigote y de ir a la prensa.

Voy a seguir con mi empresa fantasma, la que ya usé con los ex-socios que llevé a almorzar. Voy a buscar a ex-empleados de VotoOnLine. Otra vez alquilo la oficina temporaria. Primero entrevisto a un vendedor. Trabajó en el área comercial y hace dos años que renunció. Es un señor muy simpático que habla demasiado y después de un rato, no sólo no me dice nada útil, sino que la reunión se vuelve una preventa de los drones que vende en la nueva empresa donde trabaja. Mi siguiente entrevista es con un desarrollador, un joven muy introvertido que se pierde en detalles que me resultan inentendibles. Trabajó varios años en la empresa.

Cambió de trabajo porque le hicieron una oferta mejor. Del intercambio no consigo nada útil. Finalmente entrevisto a un *tester* y su historia me atrapa.

Dice que tenían un buen grupo manteniendo la plataforma libre de errores, especialmente el grupo que hacía las pruebas de carga. Simular carga es muy importante para un *software* como este. Simular carga consiste en hacer un programa que le haga creer al *software* que maneja las votaciones en línea, por ejemplo, que hay muchos usuarios accediéndolo. Los americanos tienen un término para esto, le dicen la prueba de pizza de los sábados. En una empresa de desarrollo de *software* donde hay programadores, *testers*, analistas, diseñadores, secretarias, cadete, etc. se invita a todo el equipo a concurrir el sábado. Cuando están todos se coordina una prueba. Supongamos que el *software* a probar tiene una página en donde se carga usuario, clave y se da un *click* en entrar. Se le pide a todo el mundo que pruebe su usuario, su clave, que entre y que salga en forma no sincronizada. Cuando ya todos lo hicieron se les pide a todos que carguen usuario y clave y que pongan el dedo sobre el entrar y esperen. Cuando todos están listos se les avisa que entren al mismo tiempo. Así se carga o sobrecarga un sistema interactivo a mano, sin embargo hay sistemas que permiten hacer esa prueba sin intervención de muchas personas, sólo simulando muchos dedos tocando el botón de ingresar en muchas páginas.

Al grupo de pruebas de carga lo desarmaron. Y sólo quedó uno. Me cuesta mucho que largue el nombre de este señor. No lo quiere nada, se cruza de brazos cuando le pregunto cómo se llamaba el que quedó. Se me ocurre decirle que necesito referencias. Me ofrece ver sus recomendaciones en su página laboral desentendiéndose de mi pedido pero dándome una alternativa muy válida. Creo que insistirle puede evidenciar un comportamiento fuera de lugar. Entonces decido desafiarlo y le digo:

—Capaz que él te hizo echar. No me sirven referencias poco objetivas.

Se afloja y me dice que es un tipo raro, un fanático de las armas, que para que vea su buena voluntad me va a dar el nombre. Y después de un silencio largo e incómodo, finalmente me lo da: Adrián Curto.

Bien. Lo tengo. El último *tester* de VotoOnLine que aún sigue ahí después de la reestructuración tiene nombre y apellido. Vamos bien. Más tarde cuando lo busco en la Web me encuentro con señor con lentes amarillos, un arma apuntándole a la cámara y ropa verde. *Cum laude* en San Andrés, un *nerd* raro. Incursionó en robótica, en olimpíadas informáticas. Participó del mundial de fútbol robot. Si bien no se destacaron, fue la primera vez que esa universidad compitió. Tiene bastante vida social en la red y le gusta mostrar su condición política: es conservador, racista, partidario del gobierno. Encuentro una foto que dice "asado con los compañeros de trabajo". Yo hubiera apostado a que era un día en el polígono o en un *paint ball*: están todos de verde. Para mi suerte están todos identificados. Busco los nombres. Los busco en la red de empleos, son todos *testers* y trabajan en VotoOnLine.

No sé bien por dónde seguir. Le pido a mi amigo del DGI que me averigüe cuánto ganan estos chicos. Nada raro. Empiezo a seguir a uno y veo que cuando sale va a un centro del Partido Conservador. Tengo que acercarme un poco más a ese grupo. La foto del polígono tiene el nombre del lugar y fue subida un domingo. Para el fin de semana compro ropa camuflada y me hago socio del club.

Sumo la gente nueva al corcho. Más hilos. Más etiquetas. Adrián Curto lo pinto con resaltador.

Y tengo un plan para el domingo: voya ir al club de tiro.

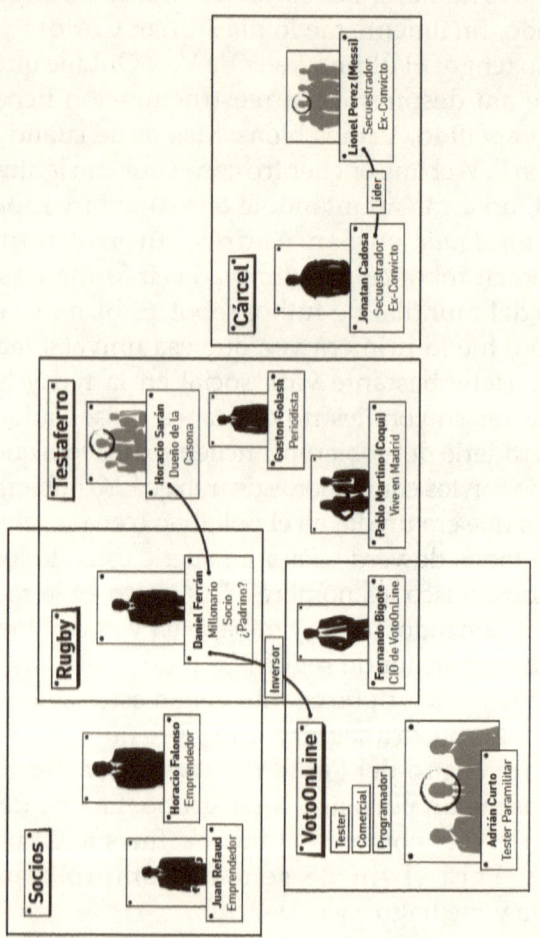

Capítulo XV

En el polígono

Al club llego en tren y lo primero que hago es ir a la armería. Me quedo una hora hablando con uno de los empleados: le encargo una Glawk que van a traer la semana que viene, de polímero. Un arma sin partes metálicas que no aparece en un detector de aeropuerto.

Alquilo una línea, tiro durante la hora siguiente y a las doce, un poco aburrido ante la ausencia de los *testers* paramilitares, almuerzo solo. Los fanáticos de las armas son personas solitarias y a nadie le llama la atención ver a un ermitaño vestido con borceguíes, pantalón camuflado y una remera verde oliva. A la tarde alquilo un rifle, practico tiro en la línea más larga del polígono, la de doscientos cincuenta metros y hago más de una diana. El cartel electrónico despliega una bandera argentina y una leyenda dice: "Viva La Patria". En el interior quedan algunos polígonos militares donde suelen poner a un soldado en la fosa al lado de los blancos que, cuando el tirador hace centro, agita una bandera argentina y todos gritan entonces: "Viva la Patria".

Cuando estoy a punto de perder la esperanza de que vengan, aparecen los paramilitares informáticos. Con los protectores auditivos es difícil comunicarse, pero de todas formas tengo que hacer contacto. Me acerco a uno de ellos y le pido obleas para tapar los impactos. Yo tengo de las de colores que usé en el gráfico, pero necesito una excusa para interactuar. Hago un examen exhaustivo de sus armas, y puedo hacerlo porque mi trabajo de investigador privado me volvió un experto. En esta profesión todos portan y hay muchos fanáticos. Cuando empecé con esto tenía la fantasía de cruzarme con gente analítica. La mayoría de los investigadores combinan, en primer lugar, extroversión con histrionismo y así se animan a preguntar cualquier cosa, hacerse pasar por otros, engañar. En segundo lugar todos tienen mucha seguridad y determinación, cosa que logran la mayoría de las veces portando un arma.

Adrián Curto, el *tester* que agregué al corcho, tiene una nueve milímetros con kit alivianador. Es mi oportunidad, sé cómo encararlo.

La sola frase:

—"¡Uy, le pusiste el kit!"

Mostrando mi conocimiento y admiración cambia su cara hosca por una sonrisa cómplice. Curto me ofrece probarla. Una pistola con kit alivianador es como un auto tuneado. El kit vuelve el gatillo más celoso, que quiere decir que uno puede disparar haciendo menos fuerza: el disparo se vuelve una caricia. Su pistola tiene, además, una protección para el cargador. Me da tres balas diciéndome que las recargan ellos y que las pruebe. Con las tres hago centro, le quiero dar tres nuevas y me dice: "Faltaba más". Yo esperaba algo del tipo "Ni en pedo", pero no, son formales y educados.

—¿Las recargás vos, Adrián? Andan muy bien.
— Sí, las armo yo. Son de alta velocidad, no sirven para caza.
—Son muy precisas.

Me regala una caja. Lo invito a tomar un café en la confitería del club. Sus armas, sus ropas, es gente clase alta. Me invento una personalidad: vivo en la provincia, administro el campo de mi papá y tengo una novia en Buenos Aires, les digo que vine a visitarla y acompañarla y que trabaja en sistemas y está sin laburo. Es verdad, Andrea trabaja en sistemas y está sin trabajo. Cuando me preguntan si sé en qué laburó en sistemas estoy tentado de decirle *testing* pero me da miedo tanta coincidencia. Entonces me dice:

—¿Tu novia sabe de *testing*?
—No sé ¿Qué es *testing*?
— Preguntale a ella y que me mande un C.V.

Y me da una tarjeta. Tengo que contarle a Andrea que le conseguí un trabajo: quiero que investigue para mí, aunque parezca un empleo de *tester* en una empresa.

Capítulo XVI

No hay colectivo

Andrea está sentada frente a mí. De brazos cruzados y de piernas cruzadas. Sólo le falta cruzar los dedos para estar más cerrada. Todo su cuerpo muestra la incomodidad que está sintiendo. Sólo la invité a hablar de trabajo, no puede saber aún de qué se trata. Afuera el *minrider*, pierdo elocuencia pero gano cercanía.

—Andre, creo que te conseguí un trabajo.
—No te pedí que me consiguieras nada. No estoy buscando trabajo. Pensaba tomarme un mes sabático.
—Dos frases empezando con un no. En la película

El negociador, Kevin Spacey dice que cada no de un negociador es un suicidio que se vuelve...

Una de mis pausas le da la posibilidad, a Andrea, de interrumpirme, cosa que hace todo aquel que habla conmigo cuando no uso el *minrider*. La gente no le tiene paciencia a los tartas.

—Ya lo sé, me lo decís siempre. Película viejísima y aburrida.

Ignorando su comentario, completo mi idea y le digo:

— ... realidad. Además un mes sabático no existe. La frase correcta es un año sabático y se aplica a investigadores que necesitan un régimen diferente de vacaciones.

—¿Qué me conseguiste?

Le cuento, entonces, acerca de los fanáticos informáticos. Andrea es analítica y curiosa. No esquivo ningún tema: el secuestro, VotoOnLine, Ferrán el sojero adinerado, Bigote el CEO de la empresa donde trabajaría, los conservadores.

—¿Entonces estos chicos además de tirar en un polígono y vestirse de paramilitares testean programas?

—Sí.

— En la facu hicimos *testing* y es un embole. Tenés que agarrar un programa y probar que funciona.

— ¿Y qué te enseñaron en esa materia?

— A hacer de eso un proceso ingenieril. Planear pruebas, registrar errores encontrados, medir tiempos.

—Entonces sabés de qué se trata.

—Suficiente para saber que no me gusta, pero muy poco como para pasar una entrevista.

Cuando todo parece negativo y no logro ver la luz al final del túnel, Andrea descruza sus brazos y sus piernas, que las pone paralelas y, apoyando sus manos en las rodillas, se acerca a la conversación, me mira y confiesa:

—Lo que más me interesa es que trabajemos juntos, poder ayudarte, entrar en tu mundo. Acepto.

Esos cambios de ritmo, esas curvas a noventa grados, la vuelven especial en mi vida. Siempre supe que llegaríamos a este punto. Habiendo acordado que vamos a avanzar, los siguientes pasos deberían ser más fáciles. El primero es escribir su currículum vitae. Andrea considera el C.V. como una declaración jurada y yo quiero que incluya alguna experiencia en *testing* –que no tiene–.

Le propongo que busquemos en su red laboral a alguien que trabaje en probar sistemas para ver qué escriben en su perfil. Aparece una compañera de la facultad a la que conozco por su sobrenombre: "la Choni". La tengo presente porque una vez vinieron algunos compañeros de estudio de Andrea, varones, y me quedó grabada la frase con la que uno la describió: "Está más buena que comer pollo con la mano". Esta chica trabaja en una consultora especializada en validación y verificación de *software*, según se lee en su perfil.

Andrea se conecta con la Choni, que a esta hora está en su casa. Tiene el cabello envuelto en una toalla y tengo que hacer un esfuerzo para no acercarme a mirar. Hablan las dos a la vez, a veces creo que cada una lleva un hilo de conversación diferente, pero no, van cerrando temas, siempre manteniendo dos o tres tópicos que alternan en lo que los varones injustamente denominamos: conversación de sordas.

Cuando Andrea le dice que está sin trabajo y que el lunes tiene una entrevista, la Choni le ofrece enviarle el manual de inducción que recibe cada nuevo empleado cuando ingresa a la consultora donde ella lidera un equipo de unas diez personas. La consultora es lo que se conoce en el mercado como escuelita. Ellos toman gente sin experiencia, la forman y, al año, los ubican como profesionales semi-sénior o sénior. El gran desafío es que estos chicos no se vayan durante el proceso y, para eso, le actualizan el salario cada tres meses. Al final del primer año suelen duplicar su sueldo de ingreso.

La Choni nos ayuda en la causa "falsificación de experiencia": le propone agregar un párrafo diciendo que trabajó para una empresa de telecomunicaciones, haciendo testing durante seis meses. Para no dejar cabos sueltos, le explica que efectivamente la consultora trabajó seis meses en esa empresa y "se cayó el contrato". Ella estaba a cargo y se ofrece a figurar como referente. En caso de que llamen a la empresa de telecomunicaciones para chequear, cosa casi imposible, constatarían que lo de los seis meses fue cierto y difícilmente alguien guarde los datos de quienes participaron. De llamar, seguramente llamarían a la Choni comunicándose con la consultora. Todo cierra, es muy inteligente y muy bien dispuesta. Incluso se excede en un momento al sugerir llamar a alguien de R.R.H.H. para falsificar algún registro. Andrea le agradece mucho el gesto pero por suerte la convence de no llevar adelante esta última idea. Después de terminar de hablar con su amiga me dice:

—Las mentiras tienen patas cortas. Y las patas son más cortas a medida que se agregan personas a una puesta en escena.
—Con esto estamos inventando la investigación Gonzo.

El periodismo Gonzo es aquel en el cual el periodista se involucra en un entorno ajeno para poder hacer la nota. Podría ser, por ejemplo, un periodista que trabajara en un *call center* para escribir una nota sobre el trabajo en un *call center*. Andrea me dice que la investigación es Gonzo por definición y me convence rápido: en muchas películas de investigadores el protagonista se mete en lo que quiere averiguar para resolver un caso. Dice que no inventamos nada.

El sábado siguiente vuelvo al polígono y me cruzo con mis amigos, los fanáticos. Le entrego el currículum de Andrea a Adrián Curto, que se muestran muy entusiasmado cuando hablamos:

—¿Es difícil encontrar gente de *testing*? —le pregunto.

—Lo difícil es encontrar gente de confianza.

Yo asiento, aunque no me parece que me conozca hace tanto como para que mi referencia sea de peso. Adrián me mira y entiende mi cara. Arregla la situación con una frase que me conmueve:

—Digo, encontrar gente del palo, uno de nosotros.

Aprieto los labios y muevo la cabeza confirmando su frase pero sin repetirla. No me sale asociarme con esta gente, ni para fingir. No soy uno de ellos. Lo miro fijo, esfuerzo una sonrisa y le respondo con un contundente:

—Claro.

El lunes por la mañana llaman a Andrea para que vaya a una entrevista por la tarde. Decido acompañarla y vuelvo a usar mi gorra con cámara en la nuca, pero esta vez agrego un par de anteojos inteligentes que se le integran y me permiten saber, por ejemplo, si Messi me sigue. Y efectivamente me sigue, desde lejos. Lo hace casi todos los días pero hasta ahora no pude encontrar más patrón que éste: nunca me siguió un martes. En colectivo no aparece y si cuando bajo, vuelve a aparecer, no lo voy a poder explicar. La escena "Siga ese taxi» o «Siga ese auto» es de otra cultura. Le llegás a decir a un taxista que siga ese colectivo y a los cinco minutos de viaje ya le tuviste que explicar al conductor a quién estás siguiendo y por qué, además él te sugiere cómo hacer tu trabajo mejor y te pasa los datos de un sobrino que es investigador. Me siento en la última fila de asientos y activo el modo visualización en los anteojos. Podría decirse que ahora tengo ojos en la nuca. En unas pocas cuadras puedo ver una moto que, sospechosamente, para cada vez que el colectivo se detiene. A veces nos pasa, pero vuelve a aparecer. Tiene un papel pegado donde debería tener una patente, por eso el *software* de reconocimiento de caras y de patentes nunca la descubrió. La policía de tránsito en Buenos Aires es muy estricta con las motos. Esto no puede ser una estrategia para ocultarse, seguramente le robaron la patente hace poco.

Andrea entra a VotoOnLine y yo me voy a un café. Con mis lentes inteligentes y el *minrider*, me conecto a la página de Rentas y, efectivamente, la patente de la moto pertenece a Lionel Pérez. En la página del gobierno de la ciudad puedo ver que tiene muchas multas. Sin muchas expectativas decido comunicarme con el centro de atención del Gobierno de la Ciudad, pero no sin antes configurar mi móvil en modo protección de datos, lo que hará que no puedan saber mi número. Esto podría ser un problema, hay lugares donde tu número acredita tu identidad. El chico que me atiende me hace saber que no pueden, efectivamente, acreditar mi identidad pero los recaudos de seguridad pasan a un segundo plano cuando le digo que quiero pagar una multa. "Pagar", la palabra mágica, mucho más mágica que "por favor". Increíblemente, me explica que tengo todas mis multas canceladas. Me pregunta:

— ¿Mañana vas al acto?
— Ja. Sí. ¿Qué dice el sistema de mí?
— LOP, que creo que quiere decir líder de opinión política. Sos de los nuestros.
— ¡Qué lindo pertenecer! Pensé que la última multa la iba a tener que pagar.
— ¡No! En el partido no hace falta…

Escucho un "pip" raro. Un silencio incómodo hasta que me dice:

— ¿Lo puedo ayudar con algo más?
— No gracias. Buen día.
— Gracias por comunicarse. Buen día.

No es la primera vez que escucho un "pip"como este. Los operadores de *call center* están controlados en línea y, seguramente, la palabra "partido" dispara una alarma. Sabía de esto para malas palabras. Partido referido a Partido Conservador, desde el punto de vista de lo que se debe hablar en un caso de atención, bien puede ser una palabra prohibida.

Cuando busco a Lionel Pérez con otros ojos, es decir sabiendo que es afiliado al Partido Conservador encuentro muchos datos y un hilo nuevo para mi corcho. En realidad no voy a poder ponerlo porque no sé exactamente con quién del partido se relaciona. Ese debería ser mi próximo objetivo.

— ¡Tengo empleo nuevo!

Dice Andrea cuando llega y parece lejana nuestra discusión sobre si la oportunidad en VotoOnLine era algo que yo hacía por ella o por mí. Ese altercado terminó con un "¡No hay colectivo que te lleve!" que me quedó atragantado y por suerte no se lo dije. Pero lamentablemente me quedé rumiándolo demasiado y mientras la abrazo, la alegría da lugar a la razón y entonces murmuro suavemente, el *minrider* lee y el parlante dice:

— No hay colectivo que te lleve.

Al segundo y en una maniobra para el aplauso acoto:

—¿A Tigre desde acá, pregunto?

Cuando quiero preguntar, con el *minrider* conectado, acostumbro aclararlo. Las primeras versiones del aparatito no reconocían entonación. Esta versión lo hace pero a mí me quedó la costumbre adquirida con el primero que tuve.

—No, ¿por?
—Te quería invitar a pasear por el río. Vamos a un Burger.

La invito a comer una "Stacker Magnitud", el último invento en comida rápida, diez hamburguesas muy finitas en un sándwich. En la calle a este invento raro del marketing le dicen milhoja. Es verdad que las hamburguesas son un poco finitas. El nombre magnitud lo explican en una publicidad que dice que tiene un orden de magnitud más de hamburguesas que cualquier otra hamburguesa que haya existido jamás.

En el camino vuelvo a chequear si Lionel me sigue y, efectivamente, así lo hace. Durante todo el tiempo en el que estuve esperando a Andrea en el bar, él hizo tiempo también. Me intriga saber por qué me sigue, si va a volver a intentar secuestrarme. Necesito deshacerme de él, sólo para sentirme libre. Me meto en un subte y vamos hasta la cabecera de la estación C en Avellaneda y después vuelvo al centro. Cuando salgo ya no aparece la cara de Messi entre lo que registra mi cámara.

Cuando llegamos al Burguer el empleado que me atiende me recibe por mi nombre y me ofrece lo de siempre. Sé que el ofrecimiento está pensado para hacerme sentir especial, sentir el trato personalizado, pero en el fondo entiendo que el empleado sigue un protocolo y un procedimiento totalmente automatizado. Yo no quiero ser menos y leo en su cartelito identificatorio su nombre y le contesto: "Sí, Rosendo".

Andrea tiene empleo nuevo y cada día me vuelvo más protagonista de mi caso. Cuando llegue a casa voy a tener que pegar una foto de Andrea en el corcho y tirar un hilo entre ella y yo.

Capítulo XVII

Tigre

El martes había pensado seguirlo a Lionel Pérez, en parte para averiguar quiénes son sus contactos dentro del Partido Conservador pero, por sobre todo, para "darle un poco de su propia medicina". La ira y la venganza no son buenos motivos para ninguna acción, pero mucho menos para una investigación. La ira puede llevarte a actuar improvisadamente y a cometer un error. La venganza te nubla.

Cuando Andrea se levanta me mira con carita de ángel y me dice:

—¿Vamos al Tigre? Ayer tenías ganas.

Yo pensaba que mi salida repentina, cuando el *minrider* me jugó una mala pasada, no iba a tener secuelas. La tecnología llega para ayudarnos, y a veces nos genera problemas que antes no teníamos. ¿Quién podría haber anticipado alguna vez que una cámara de fotos no funcionaría si no está asociada a una red social? Las fotos familiares siempre vivieron en álbumes, generalmente olvidados en un armario. Hoy las fotos van a redes sociales, se comentan, se identifica automáticamente quienes aparecen, se roban imágenes, se inician causas por uso de imagen sin permiso, hay abogados que se presentan como especialistas en exposición tecnológica.

Ahora tengo a Andrea que me propone un paseo, que saber cómo se le ocurrió le suma encanto a la cadena de casualidades que guían nuestra vida juntos. Después de todo lo que pasé me merezco un descanso.

—Vamos.

Salimos cargando poca cosa. Andrea lleva unas pastillas de vitaminas y minerales que te quitan el apetito. Las compra en Bélgica y le llegan en una *pewebola*. Las tomamos siempre que vamos a pasear, así no perdemos tiempo sentándonos a comer. No sé desde hace cuánto que venimos comiendo como asiáticos. Comer es, cada día que pasa, un trámite más corto, más rápido, más mecánico. Antes Buenos Aires no se parecía a Bangkok, ni había puestos de comida en cada esquina vendiendo pinchos, brochettes con pollo o lomo, en salsas de curry, a base de soja o empanados. Por suerte, tenemos la comida sintética, con carritos sintéticos por todos lados y señores que te mandan a la mierda muy sintéticamente si no les pagás con cambio. El churrasquito sintético es mi favorito. Pasamos por un carro cuando le digo a Andrea:

— Cada día me gustan más los churrasquitos.
— ¡Cuánta propaganda que le hacen a esa comida! El otro día leí que la inventaron en el veinte y pico. En realidad lo primero que inventaron fue una hamburguesa sintética.
— Los ecologistas anunciaban, en ese entonces, que íbamos a dejar de criar vacas. Las vacas eran, supuestamente, la causa principal del efecto invernadero. Cuando éramos chicos, a veces en invierno hacía menos de cero grados.
—Yo casi ni me acuerdo.
— No sos tanto más chica que yo.

Andrea y yo somos, según nuestros amigos, una pareja de viejos ya que aún concurrimos a uno de los pocos restaurantes con mozo que queda en la ciudad y donde sirven comida "de la abuela": papa frita cortada a cuchillo, carne de vaca. Vamos una vez por semana en nuestro auto híbrido. Es viejo, de los últimos que quedan. En cualquier momento van a prohibir su circulación. Cuando le ofrezco una pastilla de desayuno a Andrea, me dice:

— ¿Por qué no reparten de éstas en África y terminan

con el hambre en el mundo?

— Ya estás para un concurso de belleza mi amor.

Andrea, como cualquier mujer, tiene algunas cirugías estéticas y, hace un par de años, quedó excluida en un concurso de belleza por esa razón. En ese momento se involucró en un movimiento de deformadas que piden no ser discriminadas. Yo no les digo deformadas cuando hablo con Andrea, es un adjetivo muy fuerte, pero basta con mirar una foto que hay en casa donde se ve un grupo de militantes por la no discriminación a las intervenidas quirúrgicamente: ¡Son todas iguales! Labios anchos, boca de pato, ojos de mapache o antifaz de piel lisa, nariz respingada y chiquita. Andrea no tiene cirugías en su cara.

Hace algunos años anunciaban la conquista del ser humano de vida eterna. A fuerza de medicina preventiva a partir del mapa genético, alimentación modificada y cirugías, la expectativa de vida hoy está en ciento veinte años. Pero el chasis está diseñado para menos uso. Hoy cualquier persona, de entre ochenta y noventa años, se somete a una operación preventiva donde le injertan una prótesis de cadera. Es una operación compleja que te ayuda a llevar mejor la tercera edad: a partir de los ochenta.

Para ir al Tigre vamos en subte hasta la estación Reserva Ecológica y ahí tomamos un ferry. Yo prefiero usar los taxis sin chofer, pero tardaríamos dos horas. En cambio en ferry, en una hora de paseo por el río, vamos a llegar al Tigre. Embarcamos en uno que viene por el Riachuelo desde La Matanza y llega hasta el Mercado de Frutos. El transporte por agua está muy subvencionado por el estado, es casi gratis. La influencia asiática en la cultura local también se ve en las líneas de ferries que recorren nuestros ríos: el de La Plata uniendo la capital del país con la de la provincia, el Paraná para llegar a Campana, San Pedro y Rosario. Hoy un viaje a Rosario en auto no baja de cinco o seis horas: lo que se ganó en autopistas se pierde en salir y entrar a las grandes capitales. A Rosario, el ferry le pone cuatro horas.

En la cola nos regalan el pasaje a cambio de mirar en nuestros *google -glasses* un aviso sobre la gripe lunar. Los *googles* controlan que los mires y le avisan al chancho que te puede regalar un boleto: él ve, en la realidad aumentada por sus googles, quien lo vio completo. El aviso es informativo y dice que la gripe es mortal y esto genera una discusión muy divertida en nuestra pareja. Si en quince minutos me preguntaran cuál fue mi posición en la discusión, sólo podría responder: "En contra de Andrea". Justificar una postura en una discusión, sólo porque lo dijo alguien, tiene un nombre en Lógica: falacia ad hominem, que es cuando un argumento se fundamenta o se detracta en función a la persona que lo dijo. Hay un dicho popular para esto mismo: "Las mentes brillantes discuten ideas, las mentes mediocres discuten personas". Este intercambio de opiniones, eufemismo para evitar la palabra discusión que tiene mala prensa, lo llevo con mediocridad cuando empiezo con un:

—¡La gripe lunar no es mortal!

— Se murieron miles de personas en el mundo.

— Se mueren por deshidratación, por desnutrición, pero no por la gripe.

La gripe lunar dura entre veinticinco y treinta días, un ciclo lunar. Te deja tirado en una cama sin ganas de nada, ni de comer, ni de tomar incluso. La mejor cura es que te internen y te den suero durante toda tu estadía en el hospital o clínica. Hoy se usa otra vez la palabra sanatorio, porque el tratamiento para esta pandemia no requiere de medicamentos ni cuidados especiales: sólo mantener al paciente hidratado y alimentado hasta que sane. Se sana en un sanatorio.

—Mi estudio de genoma me dio que no soy propensa a la gripe lunar –me dice Andrea.

—Pero no sos inmune y no existe la vacuna. Las probabilidades están a tu favor, pero si dos de cada mil no propensos se enferman, alguien tiene que ser uno de esos dos.

Andrea se calla y me mira. Gané. No sé si quería ganar.

Durante la navegación vemos varios barrios cerrados acuáticos de gente que vive en un velero o en un catamarán. El alto costo de un departamento en Buenos Aires, la imposibilidad de llegar desde las afueras hasta el centro, lo barato de una embarcación y el impulso del gobierno al transporte colectivo en ferries generaron esta moda. Un velero cuesta un cuarto de lo que cuesta un inmueble para una pareja. Las embarcaciones se conectan a la red eléctrica cuando están amarradas o cerca de la costa. Hoy hay energía inalámbrica casi en todos lados, incluso al alejarse de las principales rutas. Ya llegará a cada rincón del mundo. Con la carga conseguida en puerto se puede navegar unas cuantas horas usando los motores, que por supuesto son eléctricos también. Un velero, o un catamarán con vela, pueden aprovechar el viento para navegar. Con Andrea estuvimos a punto de irnos a la guardería que está llegando a Aeroparque, pero la amarra era demasiado cara.

A medida que nos alejamos de la Capital vamos exponiéndonos cada vez más a los rayos solares. El smog de Buenos Aires tiene muchos efectos dañinos, pero te protege del sol. Un vendedor ambulante ofrece bloqueador solar y hace una demostración contundente de su producto. El señor tiene un bronceado de trabajador al aire libre, un dorado que se vuelve marrón. Sin embargo, en su muñeca, una pulsera natural de piel rosa pálido sobresale: según él la piel de su muñeca es del mismo color que la de sus partes íntimas. El tipo le pone el cuerpo a la venta de su producto.

—Andre, ¿viste en el colectivo, alguna vez, al vendedor de quitamanchas?

—No.

—Hasta hoy era lo mejor que había visto. El tipo agarraba grasa de la puerta, pedía un birome entre los pasajeros, lápiz labial a alguna mujer. Todo eso lo usaba para mancharse la camisa. Después, se pasaba un pan de jabón quitamanchas y su camisa celeste quedaba limpia. Un truco de magia más que una demostración de un producto. ¡Lo vi tres veces y las tres veces le compraron!

—¡Vos le compraste!

—La primera vez compré. No servía para nada. La tercera volví a comprar.

— ¿Y acá como venimos?

— Le tengo ganas al bloqueador.

— Yo traje, tomá.

Soy un comprador compulsivo de vendedores ambulantes. Me convencen fácilmente. Yo creo que, como cualquier problema, la causa no es una sola. En los viajes me aburro y me siento en deuda con ese acto callejero que es la venta ambulante. En general los precios son bajos. Hay una mente maestra que organiza las ventas en las calles, porque de repente todos te ofrecen la pelota del mundial o el enfriador de cerveza. No sé si esto es un efecto de contagio, la viralización de un comportamiento, o simplemente en la aduana incautaron un container con enfriadores de cerveza y ya. A mí me pasa esto: primero curiosidad, después duda, después la firme promesa de «la próxima lo compro» y luego… lo compro.

Esta vez el momento más difícil es cuando el vendedor se baja un poco el pantalón para mostrar que efectivamente su muñeca y su nalga tienen el mismo color. Durante toda la venta amenazó con bajarse los pantalones y finalmente solo bajó unos centímetros su bermuda, mostrando apenas su cintura y, efectivamente, los colores coinciden. Lo que podría haber sido un espectáculo grosero mutó en una insinuación. Y el vendedor tiene abdominales y músculos como para llamar la atención. Un acto perfecto.

Pasamos un día hermoso, me desconecto de todo lo que me está pasando. Paseamos por el río. De repente se me ocurre patear el tablero:

—¿Vos cuando empezás a trabajar?

— El lunes.

— Yo tengo un amigo que tiene una casa acá, en el Tigre. Me la ofrece siempre. Lo voy a llamar. Si me la presta nos quedamos hasta el domingo. ¿Te gusta?

—Me encanta, Ricardo.

Cuando me llama Ricardo hay dos posibilidades: o está enojada o está deslumbrada. Mi amigo es un bohemio que no hizo mucho dinero en su vida, pero heredó de su padre una casita en el Tigre. Un llamado, la llave debajo de la maceta, la clave de la alarma monitoreada (por suerte no es clave con huella digital), una humedad envolvente de casa cerrada en el último mes y ya estamos adentro. Hay una vieja biblioteca con libros en papel. El olor a libro, el placer casi olvidado de dar vuelta una página. Van a ser unos días hermosos. Nos desconectamos del mundo, apagamos nuestros celulares por cuatro días. Les aviso a mis viejos por correo electrónico que estamos bien, que nos tomamos una semana en la costa. Que cualquier cosa nos escriban.

El domingo volvemos al departamento, mañana Andrea empieza en VotoOnLine.

Capítulo XVIII

El trabajo dignifica

Andrea parece un chico de jardín en su primer día de clases. Está entusiasmada, está contenta, está exultante. Tengo que lidiar con la dualidad de la alegría de su nuevo desafío y su verdadero rol en mi investigación: está haciendo inteligencia, se está infiltrando. Los espías, los agentes encubiertos corren riesgos, son profesionales, son protagonistas de películas y de novelas. Tengo que cuidarla, pero ahora trato de involucrarme en su nuevo escenario y le digo:

—¿Si en una dimensión tuviéramos capacidad y en la otra iniciativa, qué caracteriza a un nuevo empleado, señorita Andrea?

— Mucha iniciativa y poca capacidad.

—¿Y a un empleado de muchos años desmotivado?

— Mucha capacidad o capacidad normal y poca iniciativa.

— Muy bien. ¿Y de los cuatro cuadrantes: mucha-mucha, poca-mucha, mucha-poca y poca-poca, cuál es la peor combinación?

— Parece un trabalenguas y seguro que le voy a errar. Poca iniciativa y poca capacidad.

—¡No! Mucha iniciativa y poca capacidad. El incapaz con impronta. ¡Ese es un peligro! Poca iniciativa y poca capacidad: es un inútil inofensivo.

— Me voy a contener entonces. Está bien. ¿Y vos de dónde sabés esto?

— Un padre que da consejos. Que más que un padre es un hincha pelotas.

—Si te enseñó esto estuvo bien.

— Estuvo bien.

La acompaño hasta la parada del colectivo y, una vez más, chequeo con mis aparatos la presencia de Lionel, mi pegajoso observador. Efectivamente me sigue. Es lunes. Mañana lo voy a seguir yo a él. Ellos saben, ellos me secuestraron, ellos me siguen. Hace diez días que jugamos al gato y al ratón y al ratón y al gato. Cuando se va me angustio y no es el vacío de una despedida. Tengo miedo por Andrea.

Cuando a las seis de la tarde vuelve al departamento, me entretiene una hora con detalles de su nuevo empleo. La recibió uno de los tiradores, que ella pudo reconocer a partir de mis fotos y mis investigaciones. En todo momento sintió una cercanía de parte de los paramilitares y los dos coincidimos en que se debe al conocido en común entre ellos y ella: yo. Incluso en algún momento la hicieron participar en una charla sobre tiro y ella, una vez más, los puso en su lugar marcando el terreno: "Yo uso mi cuerpo para defenderme" dijo, luego hubo un silencio incómodo, después una mirada pícara que la desactivó con un rotundo "O para atacar. Soy tercer dan de Taekwondo". Los paramilitares hicieron algún comentario machista pero con Andrea coincidimos: la cercanía entre artes marciales y uso de armas es más fuerte que el machismo. Todos los paramilitares del grupo practican artes marciales: Karate, Kung Fu, Aikido.

Uno de ellos es aficionado a las artes marciales mixtas (conocidas por sus siglas en inglés, MMA: Mixed Martial Arts) que es esa evolución del boxeo que incorpora tanto golpes con los pies como técnicas de lucha en el suelo. Desde que tenemos un campeón argentino, la masividad de este deporte llegó a niveles increíbles. Desplazó al boxeo como catapulta, en las clases bajas, a una vida de lujos, rodeados de modelos o actrices, de autos caros, joyas y trajes brillosos. El compañero de trabajo de Andrea no se pierde nunca la velada de cada sábado de llaves, patadas y trompadas en el Luna Park. Y conoce, además, cada detalle farandulesco del mundo del MMA.

VotoOnLine tiene un área comercial, un área técnica, un área de operaciones y una de servicios:

recursos humanos, contabilidad, finanzas, compras. El área técnica tiene desarrollo, *testing* y una oficina de proyectos. En el departamento de *testing* hay *testers* que se asignan a proyectos con desarrolladores y son liderados por gente que trabaja en la oficina de proyectos. Para cada proyecto se arma un equipo con un líder, una cantidad de desarrolladores y una cantidad proporcional de *testers*: uno por cada dos desarrolladores. Una forma muy simple de organizarse. Pero Andrea no va a ser uno de ellos. Hay un grupo especial que hace pruebas de carga. La famosa plataforma que vende VotoOnLine para organizar las propuestas, la elección de temas de agenda, las votaciones, la moderación de los debates y las mociones de orden, funciona si el sistema tiene una buena respuesta cuando muchos usuarios quieren acceder a ella. Y muchos usuarios podría ser todos los mayores de dieciséis años de un país, el padrón entero.

En quince días vamos a tener el mayor debate desde que se estableció la democracia directa: la tecnodemocracia. Sabemos que va a ser el mayor porque durante el mes previo hay una preselección de oradores: cualquier ciudadano puede proponerse para debatir y, para eso, debe elaborar su postura en quinientas palabras, que es una hoja de información en letras de doce puntos. Las leyes las puede proponer cualquiera. Las leyes para ser tratadas tienen que tener diez mil votos en dos meses, al menos en Argentina. Una vez que alcanzan este número, la intención de ley queda abierta para el debate.

Durante un mes, los candidatos a debatir suben su postura y, aquellos que tengan más de cincuenta votos van a ser los que la discutan. En realidad es un poco más complejo, van a participar los cien candidatos que tengan mayor cantidad de votos, si hubiera más de cien con cincuenta votos. La democracia es directa, pero el debate no está abierto a todo el mundo. Y los que debaten no cobran por debatir. Y para la ley que se va a tratar dentro de dos semanas ya hay cien candidatos donde el primero tiene quince mil votos y el candidato número cien tiene casi mil.

Una vez iniciado el debate, en una plataforma en línea, hay dos rondas de ponencias. El orden de las ponencias es en orden descendente: del que tuvo el mayor número de votos al que tuvo el menor número de votos. Las ponencias tienen un límite de quince minutos. El debate de una ley en la cual los cien candidatos exponen sus quince minutos, dos veces, puede durar cincuenta horas. Al final cada candidato podría, eventualmente, elaborar una nueva ley. Para reelaborar la mejor ley que se le ocurre a cada uno, tienen una semana. En el peor de los casos podría haber cien mutaciones de la ley original.

El último paso es la democracia directa. Durante una semana se publican las leyes mutantes y, para que se vuelva ley, una mutación o la ley original tiene que tener un millón de votos.

El sistema tiene que mejorar. Yo soy un anticuado y estoy cansado de este esquema. Preferiría volver a la democracia representativa. A los que opinan como yo les han puesto un sobrenombre: los politiqueros. Yo no quiero pasar por todo eso de proponer, escribir, debatir, votar. Puedo no hacer nada, ya que votar no es obligatorio. En dos años de democracia directa tuvimos cinco leyes, como en cualquier período democrático en Argentina sin mayoría oficialista en las dos cámaras. Esta idea de la necesidad de más del cincuenta por ciento de senadores y de diputados para legislar generó entre mis amigos las más acaloradas discusiones. Decir que no se promueven leyes sin mayoría es una conclusión que tiene un costado empírico: se puede validar viendo la productividad de las cámaras según la existencia de mayoría o no, a lo largo del tiempo. Pero además tiene implicaciones lógicas del tipo: cuando un partido domina las dos cámaras hay leyes y son las que quiere el oficialismo, mientras que sin mayoría no hay leyes para nadie. Es una visión apocalíptica sobre la pluralidad de ideas, la diversidad y los debates.

El *software* de VotoOnLine sirve para modelar todo el ciclo de vida de una ley: las intenciones de ley, los oradores, las ponencias y todas las votaciones. Sirve, por ejemplo, para ver las ponencias en línea y moderar los turnos. VotoOnLine es de alguna manera el presidente del viejo Senado o de la vieja Cámara de Diputados.

Andrea trabaja en el área de pruebas de carga de VotoOnLine que, como su nombre lo indica, genera carga en el sistema, en sus distintos canales: genera accesos web a la plataforma de leyes, genera miles de usuarios conectados consumiendo videos de ponencias y esto lo tienen automatizado y monitoreado para encontrar posibles cuellos de botella en la plataforma.

Andrea no vio nada que le llamara la atención, excepto la charla del almuerzo. Le preguntaron su idea política. Nosotros ya sabemos que los conservadores andan dando vueltas y, tal vez, lo más fácil era mostrarse conservador. Sin embargo decidimos que era mejor mostrarse apolítico, pero no cualquier apolítico: un no afiliado, informado, que simpatiza con las ideas conservas, pero que, fundamentalmente, quiere participar, quiere involucrarse. Sabemos porque tenemos amigos militantes, que la militancia en sus inicios coincide con hacer el bien, hacer algo por los demás. Esa idea nos gusta a los dos y, en nuestras vidas, pudimos canalizarla en una iglesia, con scouts, en el ejército de salvación o en la fundación de algún trabajo. La intención de Andrea, en su faceta de infiltrada entre los paramilitares, es que si estos chicos militan, nos lleven un día con ellos. En el almuerzo se le ocurrió hablarles de su intención de un día involucrarse y militar, afiliarse. Pero no se animó ni les preguntó si ellos militaban. Ya llegará la oportunidad.

A la vuelta del almuerzo, vio, en el box de uno, un escudito del Partido Conservador. Tuvo la tentación de hablar de política, pero el hecho de haber hablado al mediodía dejó una regla implícita que con el tiempo se volvería un principio básico de la relación con los paramilitares: de política se habla fuera del horario laboral. Y fuera del horario laboral los paramilitares se mostrarían bastante activos políticamente.

Capítulo XIX

Mi turno

El martes suena el despertador a las cuatro de la mañana. Hoy voy a ver qué hace de su vida Lionel Pérez. Vive en Avellaneda y si cada mañana, cuando salgo, ya está vigilándome, será que sale desde su casa a eso de las seis: infiero. Conseguí una moto prestada para poder seguirlo.

Es el mejor medio de transporte para observar a alguien, uno así puede seguir a quien viaje en auto, en colectivo o en moto también. En realidad, un motoquero arriesgado sería un caso imposible, al menos para mí que manejo una motocicleta de forma prudente. Compararse con un motoquero de delivery o un motocadete es como compararse al volante de un auto con un taxista. Una vez quise seguir a un taxi que llevaba a alguien que investigaba y me costó mucho esfuerzo y mucho estrés. Y lo perdí, siendo que el taxista nunca se imaginó que lo perseguía, sólo manejó "a su manera".

Salgo de casa a las cuatro y media y a las cinco estoy en la puerta del famoso Lionel, al menos famoso para mí. Me conoce pero llevo un casco puesto que me oculta lo suficiente. Vive en una casa humilde con rejas rojas y con un garaje abierto donde puede verse la moto con la patente hecha en papel que me ayudó a llegar hasta acá. Venía pensando que tal vez no vivía en esa casa, que esta noche podría haber dormido en otro lado o que hoy se va a quedar todo el día ahí, sin salir. Pero reconocer la moto me da esperanzas.

¿Y ahora? Quedarme en la esquina no es una opción. Si algún vecino me ve merodeando va a llamar a la policía. Doy entonces unas vueltas por el barrio y a dos cuadras encuentro un estacionamiento. Esto no resuelve el problema de encontrar un lugar desde donde observar a Pérez, pero me distrae. La real academia aceptó hace diez años la palabra procastinar, que quiere decir buscarse una actividad para demorar la realización de otra más importante. Cada vez que le cuento a alguien el significado de esta palabra oriunda del inglés, un lenguaje con palabras mucho más específicas que el español, me pasa lo mismo: me contestan "Ah, yo soy un especialista".

Después de procastinar buscando estacionamiento

en lugar de vigilar la casa, vuelvo a la cuadra de Lionel y me parece que dar vueltas manzanas o caminar de esquina a esquina puede ser una solución. Me voy acercando a la casa y ya no llevo el casco, pero llevo una gorra, y también *google-glasses* seteados para que me aumenten la realidad indicándome a Pérez.

La realidad aumentada es ese invento maravilloso de principios de siglo que permitía, en la cámara de un celular, ver, además de lo que enfocaba, información adicional. El ejemplo típico era un turista en Nueva York, perdido en los túneles del subterráneo y ante dos caminos posibles sacaba una foto, el celular se conectaba a la red y a la imagen le aparecían unos carteles simpáticos que explicaban que una opción te llevaba a Brooklyn y la otra a Manhattan.

La gorra y los anteojos que llevo son, entonces, mi camouflage. Lionel podría haber salido mientras fui a dejar la moto y, si sale con la suya propia, no voy a poder seguirlo. Y además, sigo sin saber dónde acomodarme para vigilar, dónde encontrar mi punto de tiro; si fuera un francotirador desde donde disparar. Tendría que haber venido en auto. Lo de la vuelta manzana pierde sentido, durante tres cuadras no puedo ver nada. Ir de esquina a esquina va a despertar sospechas. No sé qué hacer, me parece que voy a tener que abandonar, que esto no tiene solución, se me entrecorta la respiración, muevo la cabeza de un lado al otro, negando y resoplando. De repente alguien se acerca y empieza a estacionar. Entonces me acerco al auto y le hago señas para que estacione. Cuando se baja le digo:

—¿Se lo cuido?
— Bueno. ¿Cuánto me vas a cobrar?
—Cuando vuelva me da lo que usted quiera, maestro. Me voy a quedar todo el día.
—Es la primera vez que no me hacen pagar por adelantado. Tomá cinco patakones. Cuidámelo.

El riesgo en este caso sería que apareciera otro trapito. Por suerte no aparece nadie y yo encuentro un pañuelo en mi bolsillo que completa mi vestimenta de trabajo. A nadie le va a llamar la atención un trapito. Hay en todas las calles, en todas las ciudades y en todos los barrios. Nunca nadie los pudo desterrar.

Me quedo entre los autos, siempre mirando la casa de Lionel. Vienen dos más y se vuelve a repetir la historia del vecino y el trapito. Dos horas aburridas esperando pero con una buena señal: se ven prenderse las luces en la casa. A las dos horas y media Pérez sale de su casa e increíblemente sale caminando. Hoy la suerte me sonríe. Al menos hasta ahora.

Lo sigo a una distancia prudente. Va caminando hacia la boca del subte. Son cuatro cuadras. Voy a tener que dejar mi moto en el estacionamiento. Esto estaba dentro de las posibilidades. No lleva anteojos así que probablemente no esté usando un dispositivo de realidad aumentada que detecte mi presencia. Sé que hay unos lentes de contacto, pero son muy caros, casi inalcanzables para un argentino.

Sube en la estación Avellaneda y yo hago lo mismo. Paso a su lado y me adelanto en los vagones. Me juego a que va a bajar en una estación con salida por el medio. Hace mucho que no hago esto de seguir gente y me parece que estoy perdiendo la práctica. Lionel va distendido. Se lo ve mucho más relajado que cuando él me sigue a mí. En el centro baja en una estación con salida en el medio del andén. Es fácil sostenerle el ritmo. Trato de adivinar cuál será su destino en base a lo que conozco de él. Es un ejercicio con un lado fácil: ex convicto que hace trabajos de inteligencia, como seguir a alguien, o trabajos pesados, como mi ejecución frustrada. Es el matón de alguien, es un sicario. Esto no me ayuda demasiado, no logro anticipar qué rumbo vamos a tomar y, en cada esquina en la que Lionel dobla, se me acelera el corazón durante esos segundos en los que no lo veo y creo que lo voy a perder. En algún momento de la persecución le enseñé a los *glasses* a reconocer la figura de Lionel de espalda. No es tan preciso como el reconocimiento facial que sube el contraste de la cara encontrada en la multitud. Cuando mis *glasses* reconocen la nuca de mi perseguido, un halo angelical me marca el *matching*, es decir, la coincidencia. La aureola de santo le devuelve a mi corazón el ritmo normal, después de doblar en una nueva esquina.

Después de unas cinco cuadras descubro el destino final de mi amigo: un centro de militancia del partido conservador. Los peronistas tenían unidades básicas, los radicales tenían comités. No sé qué nombre usan los conservas. En otras circunstancias me gustaría averiguarlo, entender por qué usan un nombre u otro. En este momento estoy enojado, no quería verlo a Lionel entrar tranquilamente a la política. Y además, eso me deja a mí involucrado o metido en política, como suele decirse.

El próximo paso es arriesgado. Si quiero saber con quién se encuentra Lionel, tengo que entrar al edificio. Mi gorra y mis anteojos me dan cierta ventaja, pero es meterse en la boca del lobo. Esta gente me persigue, me secuestró, me iban a limpiar. Capaz que hoy me persigue alguien que toma la posta de mi perseguido. Este pensamiento me hace mirar a los alrededores buscando una cara repetida. Desde que me saqué el casco y me puse la gorra llevo la cámara de nuca y mis glasses tienen capacidad de procesamiento para buscar caras repetidas a lo largo de toda la filmación. Hay caras que coinciden con secuencias, por ejemplo, adentro del subte. Pero no hay caras que se repitan entre la caminata de avellaneda y el subte o entre el subte y la caminata por la calle. Esperaba la cara de Pérez, pero hoy, en ningún momento lo vi de frente. En realidad cuando lo crucé en el andén yo lo vi de frente, pero mi nuca no.

Me estoy poniendo ansioso. El descubrimiento me puso de mal humor. Ansiedad combinado con mal humor me dan el impulso para la maniobra arriesgada: hacerme hombre y entrar.

Cuando estoy tomando envión me suena el celular: es Andrea. Me cuenta que hoy hay un acto y los paramilitares la invitaron a ir. Se me ocurre que tal vez pueda convencerla de usar glasses y que reconozca a Lío Pérez. Acordamos encontrarnos en un café a media cuadra de su trabajo.

Adentro, el patio interno del edificio se está volviendo multitudinario. Hay mucha gente en la puerta. Están todos un poco uniformados, con remeras del partido. Se ve que son los primeros de los que van a ir al acto de hoy. Le pregunto a uno a qué hora salen. Me mira con cara rara, no entiende que esté ahí parado y no tenga información precisa. Lo arreglo fácilmente con mi discurso apolítico:

—No soy militante, pero hoy decidí acercarme, hoy lo amerita.

— ¡Ah, bienvenido entonces! Hoy marchamos al congreso, por la ley de incompatibilidad genética.

Ahora yo me subo al caballo.

— Sí, ya se. Por eso estoy acá. Y... ¿A qué hora salimos?

—En dos horas. Andá derecho al Congreso. Yo vengo porque desde acá acompañamos al viejo Vittel, que va caminando con nosotros.

El viejo Vittel, un dinosaurio de la política. A la derecha del viejo está la pared, dijo una vez algún contrincante con un poder de síntesis inigualable.

Salgo. Cuando llego al café Andrea me está esperando. Primero me reta por llegar tarde. Cuando empezamos a hablar de lo que tiene que hacer, veo claramente en ella al ángel y al demonio que la aconsejan. El ángel le habla de mi mundo de detectives.

El demonio de esos anteojos peligrosos de realidad aumentada y qué pasaría si la descubren los paramilitares identificando gente. Le hago ver con los glasses muchas fotos de Lionel y algunas fotos de hoy donde se lo ve de espalda. Habiendo visto la cara y conociendo su ropa, lo va a reconocer.

Yo no quiero ir al acto. Me conocen los paramilitares, Lionel y vaya uno a saber cuántos más. Igual voy a volver al centro de militancia y esperar a ver si descubro algo nuevo. Me voy a sentar en un bar en la cuadra y voy a mirar desde ahí.

Quince minutos antes de que se cumplan las dos horas que me dijo el chico conservador, tres Audis estacionan frente al centro y desde uno baja el mismísimo Vittel. Saluda correctamente a sus partidarios. En el revuelo me parece ver a Lío cerca del viejo, pero no lo puedo confirmar desde acá.

El dueño del bar anuncia que van a pemanecer las puertas cerradas por los próximos veinte minutos, debido a la columna de manifestantes. Me apuro a salir y desde afuera del bar, definitivamente, no veo a Pérez.

Me voy al departamento a tratar de ver el acto desde una transmisión en vivo. Miro todos los discursos, desde la presentación hasta el cierre y no logro ver nada que me ayude. Peor que eso, tengo que escuchar un discurso digno de algún neonazi. No usan conceptos del estilo raza superior pero si hablan de generaciones genéticamente no predispuestas a enfermarse. Quieren que antes de procrear un comité de evaluación genética determine las condiciones y probabilidades de contraer enfermedades que tendrá el nuevo ser.

Cuando llega Andrea parece que estuvo en un parque de diversiones. Me dice:

—Lo vi. Tu perseguidor es muy cercano a Vittel. Cuando hay cámaras o periodistas se aleja. Pero siempre está dando vueltas a su alrededor.

—¿Y por qué no lo vi en la tele?

— Porque cuando hay cámaras desaparece. Pero además me gané el Oscar. Tuve una ctuación deslumbrante.

—¿Me contás?

—En un momento, en confianza, le dije a un paramilitar: con Ricardo decidimos no procrear porque nos hicimos el test. Setenta por ciento de probabilidades de esclerosis múltiples. No queremos arriesgarnos, Ricardo se hizo una vasectomía.

—¡Una mentirita piadosa!

—Eso no es todo. Le dije: no podemos confiar en que todos sean sensatos como nosotros. El estado se tiene que hacer cargo de controlar la procreación. Espero que la ley salga como esperamos. En ese momento, con una cara de superado que me dio náuseas me dijo: "Tranquila, tenemos todo controlado".

— ¿Y qué pensás?

— No sé, pero lo voy a averiguar.

Capítulo XX

¿Cómo es?

—¡Ya sé qué hacen!

Son las dos de la mañana según el despertador de siete segmentos que hay en mi mesa de luz, el momento del sueño más profundo. En esta etapa de la noche puedo hablar dormido o transpirar hasta empapar las sábanas. Andrea no está hablando dormida, está sentada en la cama, despabilada, acelerada. Me cuenta que lleva tres horas pensando en lo que le pasó hoy en el trabajo. Dice que hace unos segundos sintió que se hacía de día, que se iluminaba la habitación, pero sólo era su alegría por haber hecho encajar todas las piezas del rompecabezas.

De golpe lo comprendió todo.

Ayer, en el trabajo, le pidieron que preparara una prueba de volumen. En esos casos ella busca un lote de mensajes que consiste en un archivo que tiene un número de origen, que es el número del usuario que votó; un número de destino, que es a donde se envía el mensaje; y una cadena de texto que tiene la información generada con la aplicación que uno debe bajarse a su dispositivo para votar. Andrea, en general, carga esos datos en una plataforma que envía todos los sms al número de la segunda columna. Este tipo de pruebas se hace una vez antes de cada votación y en esta oportunidad, se mandan efectivamente los veinte millones de mensajes durante ocho horas.

Cuando le pidieron que armara el lote, le explicaron que el primer campo podía ser cualquier cosa, que el segundo tenía que ser el número que se va a usar el fin de semana, el número real, y que la cadena de caracteres se la pidiera a un compañero, porque se precisa una cadena válida. El día de la votación, la cadena que cada ciudadano envíe llevará su voto.

Cuando Andrea fue a buscar la cadena, el chico que la ayudó resultó ser un engreído, muy extrovertido y predispuesto a hablar de más. Ante la simple pregunta de si podía, eventualmente, generar cadenas con votos a favor de un partido, respondió:

—Yo necesito generar cadenas con votos para un partido.

Resaltó el necesito. Y en la parte de para un partido casi se le notó una mueca de complicidad. Y agregó:

—Para el domingo tengo que hacerlo.

Cuando Andrea le preguntó por qué para el domingo, se sorprendió, pero respondió rápidamente, como reculando, como advertido de su confesión innecesaria, que era para hacer pruebas. Y aclaró:

—Para que todo funcione bien para el domingo tengo que probar cadenas con votos a favor de cada partido aprobado por la Justicia Electoral. Hay que probar todos.

En principio, no le llamó la atención. Al mediodía almorzó con los chicos que hacen pruebas en general, no de carga. Le contaron que probaban emitir un voto a favor, un voto en blanco, con diferentes dispositivos, apagar el aparato mientras estaban votando, un voto duplicado. En ese momento la idea de un voto duplicado le erizó la piel pero hasta ahora no pudo entender lo que estaba pasando. Su cuerpo descubrió algo durante el día que su mente procesó durante la noche: la intuición funciona así.

¿Por qué habría que probar un voto duplicado? Un ciudadano puede intentar un segundo voto por error, por curiosidad. Por fraude dijo alguien en la mesa, al mediodía, para que se cuenten dos votos. Se le rieron todos. Es muy básico, el segundo voto se descarta. Y nadie aclaró nada, pero en todo sistema, lo que se descarta se informa en algún lado.

Cuando Andrea preparó todo para sus pruebas un técnico de configuración de ambientes le aclaró que en producción o al hacer pruebas de volumen se baja el nivel de logs. Bajar el nivel de logs quiere decir que el sistema va a dejar de informar cuestiones o eventos de poca relevancia, que va a dejar menos pistas de lo que hizo. Se hace por performance, para que funcione más rápido.

— ¡Ya sé qué hacen!
— ¡Ya sé qué hacen!

Andrea repite la misma frase, cada vez más lentamente. La última vez separa en sílabas el hacen. No se lo está diciendo a nadie, se lo está diciendo a ella misma. Entonces, de golpe, gira sobre su cuerpo, mantiene una pierna en el piso mientras la otra queda doblada sobre la cama, me mira, y cuando me mira, como recuperando un grito me dice:

— ¡Me acabo de dar cuenta!

La miro y, en la penumbra, la veo hermosísima, está encendida, está iluminada. De repente recuerdo el día que la conocí y vuelvo a encontrarla tan fascinante como esa primera vez. Presiento lo que está por suceder, y en este momento me gustaría creer en Dios para poder agradecerle que la tengo a mi lado. Sé que está por demostrarme algo: que me va a dar una explicación contundente.

—El día de la elección hacen lo mismo que yo hice ayer. Tiran una decena de votos al éter...

—¿Al éter?

—Sí, ayer mi máquina de probar emitió diez millones de votos en ocho horas. Eran datos inválidos, números inventados.

Lo que sigue es una explicación elaborada, una teoría a la cual sólo le faltan corroborar algunos detalles. En la hipótesis de Andrea la ciudadanía va votando y los paramilitares también. O al revés. O las dos cosas.

—La gente vota y estos falsificadores también. Van emitiendo votos al voleo. Y, como cuando éramos chicos, el que llega primero gana.

— No te sigo.

—Estás dormido. Estos pibes van tirando votos. Si llega primero el de ellos, vale el voto que ellos emitieron. Cuando vos votás, no te avisan que ya votaste. ¡Acordáte de lo de los troskos!

Hubo un hecho hace algunos años que quedó muy arraigado en nuestra cultura cívica. Unos troskos quisieron boicotear una votación enviando muchos votos, un centenar de personas enviaba cada minuto cien mensajes exactamente al mismo tiempo. Esto saturó la plataforma de envío de avisos de votos rechazados. Al día siguiente seguían llegando los avisos. Le costó el puesto al ministro del interior. Las noticias repitieron esto hasta cansarnos. A partir de ese día, si el mensaje sale de tu teléfono, un hermoso cuadro de diálogo con un botón de OK te informa: voto emitido.

—Lo que en política sería un sueño o una fantasía estos chicos lo hacen realidad: conseguirte una mejora en una votación de un treinta por ciento, por ejemplo.

Andrea es brillante en su capacidad de análisis y me deja con la boca abierta cuando empieza a revisar escenarios y me dice:

—Supongamos que yo tiro mi lote para hacer fraude y todos mis mensajes entran antes que los votos reales. Gano la elección por un cien por ciento. La mentira queda expuesta por grosera

Es cierto, lo primero que se me había ocurrido es por qué no tiran todo el lote a las ocho de la mañana. Y listo. Trato de demostrar que puedo seguirle el hilo:

—Claro. ¿Qué pasaría si a las nueve y cuarto ya hubiera votado el total de la población?

Andrea no me contesta. Sigue con su línea de razonamiento:

—Es fácil. Me consigo una lista de afiliados de la oposición, sus teléfonos, el horario en que votaron en la elección pasada, los ordeno por horario y empiezo a mandar mensajes a las nueve de la mañana del día de la votación. ¡Voy haciéndome pasar por esa gente y tratando de votar antes que ellos! Si uno la vez pasada votó a las seis de la tarde y esta vez vota a las nueve, capaz que su voto llegue antes que el mío. Pero asumiendo que somos animales de costumbre, esos son todos votos para mí.

—Está bien. Si fueran así las cosas, capaz que algunos votos te fallan. Esto no es para revertir una votación que perdés por mayoría absoluta, en la que te sacan un cincuenta por ciento.
—Sí. Hay muchas otras posibilidades. Pero por acá viene la cosa.

Nos quedamos un rato mirando el techo. Primero me siento engañado, me siento angustiado. Las votaciones son sagradas. Los fraudes electorales son cosas de otro siglo. Es cierto que en cada elección aparece un perdedor despechado que acusa al ganador de fraude. Le doy un beso a Andrea en la mejilla a modo de buenas noches y me doy cuenta que una lágrima pasó por ahí. Se la seco despacio y con ternura.

—Mañana planeamos qué hacemos con esto.

La abrazo y nos dormimos muy juntos, muy en posición fetal, muy chicos ante todo un partido que nos estuvo estafando, insignificantes ante un sistema de corrupción. Insignificantes los dos hasta que me doy cuenta de todo lo que Andrea hizo por mí y por desenmascarar a esta gente. Ahora el único insignificante soy yo porque Andrea se me antoja gigante, maravillosa, heroína de ésta que era mi investigación. Y ahora es la nuestra.

Capítulo XXI

¿Y ahora?

¿Y ahora?Cuando me despierto, me doy cuenta de que me quedé dormido. La trasnoche jugando a los detectives alteró mi descanso. Esta mañana no me despedí de Andrea o no me acuerdo de haberlo hecho. Busco una rosa negra en su lado de la cama o una carta de despedida, pero nada. "La navaja de Occam", ese postulado científico que dice que la explicación más sencilla es la correcta, me hace mover la cabeza de un lado a otro y decirme en voz alta:

—Sólo se fue a laburar, novelera.

Cuando hablo con mi lado femenino lo hago con el género correcto.

Cuando salgo a la calle voy dispuesto a encontrar a Lío en mi realidad aumentada. Empiezo a caminar hacia el subte y no aparece nada. Necesito enfocar a los trescientos sesenta grados. Me detengo, giro para un lado, para el otro, hago la mímica de buscar las llaves. Mis llaves están en el bolsillo, pero yo tengo que completar mi actuación y vuelvo los veinte pasos que hice desde que salí del edificio. Lío no aparece. En el palier me palpo el bolsillo para simular que encontré las llaves y encaminarme hacia el subte nuevamente. Aparece mi amigo el portero y me dice:

—¿Te olvidaste las llaves? ¿Ya las encontraste?
—A vos no se te escapa nada.

Me duele mucho que no se le escape nada. Creo que el encargado me persigue más que Lionel Pérez. Me estoy yendo para evitar seguir hablando con este señor cuando me vuelve a dirigir la palabra:

—Tomá, esta mañana un tipo me dio esto para vos.
—Gracias.

Es una carta. Está en un sobre cerrado que cuando lo abro, leo:
"Tenemos a Andrea. Hablá con Cadosa. En el correo".
Lentamente me voy agachando hasta quedar en cuclillas, sosteniendo el sobre en la mano y la mirada fija en él. De repente no puedo leer lo que dice porque

el temblor de mis manos me impiden enfocar la carta. Un peso enorme me oprime el pecho, me quita el aire. Me incorporo sólo estirando las piernas pero manteniendo la cintura doblada y apoyando las manos en las rodillas, como un deportista exhausto. No puedo respirar, cuando inhalo el aire no hincha mis pulmones.

¿Hablá con Cadosa? Cadosa es el gil al cual engañé por correo, el segundo de Lionel, el que me secuestró. ¡Ese tipo tiene a mi Andrea!

No sé qué hacer. Podría ir a la casa de Lionel Pérez. Iría y haría cualquier cosa. Estoy dispuesto a todo por recuperar a Andrea. Pero en este momento estoy en mucha desventaja. En este momento tengo que hacer lo que me piden. Me vuelvo al departamento a conectarme. Y tal vez a agarrar un arma.

Entro a la cuenta que había abierto para hablar con Cadosa. Hay muchos emails de él sin leer. Escribo un seco: *Acá estoy*. Al instante me contestan con un: *¿Qué hacés gil?*

De todos los adjetivos que hay para tratar despectivamente a alguien, eligió gil. Yo uso la palabra gil. Este tipo estuvo en cana, tendría que hablar en lenguaje tumbero. Creo que se meten en mi mente, que es técnicamente posible, pero tienen que ponerte ese casco horroroso que inventaron que puede interpretar los cambios eléctricos en tu cerebro y ya interpreta varias cosas. Pero nadie me puso ningún casco. El siguiente mensaje me enceguece: *Linda Andrea*.

Se me ocurre amenazarlo, decirle que si la tocan

los mato. Tal vez debería mostrarme desesperado para que crean que tienen el control. La verdad es que estoy desesperado y tienen el control. *¿Qué querés?*

Si la escritura sonara, este "qué querés", sonaría apretado entre los dientes, con todo el odio del que soy capaz. Eso si la escritura sonara.

Podría escribir más. Agregar opciones del tipo plata o información, o aclarar agregando un *"que haga"*, como que escribí media frase, la versión completa sería: *¿Qué querés que haga?* La respuesta responde todas mis posibilidades:

Que vengas a la sede del Partido Conservador. En la puerta decí que venís a la reunión del sótano. Si no llegás en media hora, si le decís a la policía, si venís armado o lo que sea, te llevás a Andrea en una bolsa.

Para cuando quiero contestar con una puteada ya se desconectó. ¿Y ahora? Es un lugar público, me deben querer dar un susto. Que nos maten ahí parece imposible, por el ruido del arma, por qué hacer con los cuerpos. Tampoco es tan difícil, de ahí pueden sacarnos en un auto con vidrios polarizados y liquidarnos en un campo. Cuando llegue me van a palpar, no puedo llevar un arma. Tal vez podría esconder una en la entrepierna. Nadie que te palpa te toca entre las piernas. Tengo media hora y necesito resolver esto rápido. Me pruebo una veintidós corta, el arma más chica que tengo, y resulta muy incómodo, casi ni puedo caminar. Tengo una granada sin carga como adorno, una de esas que parece una bola de pool con un dedal y una manija. Es más cómoda que la veintidós, pero me hace un bulto de actor porno que me va a delatar. No tengo más tiempo. El límite de media hora no es real, no va cambiar mucho lo que estos tipos me tienen preparado si llego más tarde, pero sirve para esto: para que yo esté nervioso o para que no prepare una contraofensiva.

Tiempo, es hora de ir. Antes de salir le mando un email a un amigo de la vida, uno de esos que te acompañan en este viaje. Solo le digo que si en tres horas no lo llamo, me reporte como desaparecido y, si te preguntan dónde me viste por última, que diga que iba hacia la sede del partido conserva en la calle Humberto Primo.

Durante el viaje en subte sólo puedo pensar en Andrea. Yo la metí en esto. Estábamos jugando a los detectives. Nunca quise admitirme que la ponía frente a un riesgo tan grande. La culpa me agobia.

Por un momento se me ocurre una salida: convocar una marcha en la puerta de la sede para que liberen a Andrea. Podría juntar unas cien personas. Pero me matarían a Andrea. Si la hubieran querido limpiar, lo habrían hecho antes. Otra vez llego a la misma conclusión: me quieren asustar y,o, me quieren callar.

Bajo del subte y camino como un zombie. Ya no quiero analizar nada, quiero ver a Andrea, quiero que esto termine, quiero que me la devuelvan, quiero olvidarme de los conservadores, los paramilitares, Pérez y Cadosa. Si estuviera sólo mi vida en juego, estaría dispuesto a terminar con todo y llevarme a estos dos matones al infierno. Si hubiera traído la granada −no la de juguete, claro. No es fácil conseguir una granada. Pero está Andrea. Por mi culpa está Andrea ahí.

Ahí veo la puerta de la sede. Voy a entrar.

Capítulo XXII

Carga pesada

Carga pesadaAntes de entrar a la sede miro al sol con cierta nostalgia. Tal vez sea la última vez que mire al astro rey, la última vez que esta tibieza matinal me envuelva. Necesito tener esperanzas: se me ocurre que si me sacan a rematarme en un campo, voy a volver a ver el sol. El humor negro me da seguridad y me permite enfrentar una situación como esta.

En la puerta de la sede hay un grandote que no ofrece mucha resistencia a mi «voy a la reunión del sótano». Señala por donde ir y se le dibuja una mueca leve en la cara. ¿Hasta el gorila de la puerta sabe qué me está pasando? Imposible. Tal vez vio entrar a

Andrea, pero… ¿cómo sabría quién soy yo?

Pensar que a Andrea la trajeron acá me da tranquilidad. Tiene que haber entrado caminando, no forcejeando, ni gritando. En realidad puede haber entrado a punta de una pistola escondida. Pero de cualquier forma, el hecho de que haya testigos que nos vean minimiza la posibilidad de un fusilamiento en el sótano.

Decido ser coherente con esta idea y aprovecho la mueca del cuidapuertas para entablar con él una conversación ridícula. Quiero que me recuerde cuando un policía investigue mi asesinato. Le digo:

—Hola, soy Ricardo Rubeo. ¿Vos ibas al gimnasio de la calle California?
— No. ¿Sos tarta?
— Sí.

No llevo *minrider*. Ser tarta mejora mucho más mi exposición. Me despido del grandote y camino hacia el sótano. Me siento un condenado a la silla eléctrica en su último paseo. Mi angustia se disipa cuando me meto en dos oficinas, haciéndome el desorientado, siempre tratando de que me vea la mayor cantidad de gente posible. Siempre me presento y los nervios y las erres hacen su pequeño acto.

En la puerta del sótano hay otro grandote que me palpa de armas en forma exhaustiva. Esto no es como en la cancha, el cacheo es minucioso y no deja afuera mis partes íntimas. El plan de la granada habría terminado acá.

Adentro están Cadosa y Pérez. Andrea está en un sillón profundamente dormida. En mi estado de desesperación debería haber pensado lo peor, pero tiene paz en su rostro, está vívidamente quieta.

—¿Qué le hicieron?

—Lo mismo que a vos el día del secuestro. Un pinchacito en el cuello.

— ¿Y cómo la entraron?

— ¡Qué pregunta pelotuda! ¿Ves esa otra puerta?

Esa otra puerta debe dar a la cochera. A Andrea no la vio entrar nadie.

— ¿Qué quieren?

— Ahora viene el viejo y te va a pedir que hagas unos trabajitos. Y ella se queda en garantía. Terminás bien, te la llevas caminando.

No se me ocurre qué pueden querer que haga. Pero soy investigador privado. Pueden pedirme que siga a alguien, que trabaje de sicario, de asesino a sueldo donde la vida de Andrea es la moneda de cambio.

Se abre la puerta, que efectivamente da a la cochera, y aparece el viejo Vittel. Es enorme. Cuando me hablaron del viejo no pensé en Vittel, aunque era obvio. Vittel tiene unos pocos pelos blancos que se los peina hacia atrás con algún tipo de fijador. También tiene unos bigotes blancos, prolijos. Lleva un traje muy sobrio, oscuro, una corbata roja, camisa blanca y gemelos.

— Buenos días Rubeo.

—¿Usted me conoce?

—Yo te contraté hace algunos años. En realidad vos nunca me viste. Yo estaba atrás de un vidrio. Investigaste la compra de una telco.

— La venta de Telefónica. Sí, me contrató un tal Rosales. La erre me hace trastabillar más de lo esperado.

—Sí, Rosales. No tenés tu aparatito metálico. Mejor porque ahora tenés que escuchar. Esa vez hiciste un buen trabajo. Por eso te contraté. Para que investigaras a VotoOnLine —hace una pausa histriónica. Me alcanza para revisar a mi contratante anónimo, los recaudos que tomó para que yo no supiera quién me contrataba. Estoy ante una trama compleja e inesperada. Todavía no entiendo. Sigue:

—Yo quería que investigaras y encontraras los fraudes en VotoOnLine. Esta mañana cuando Andrea llegó a la empresa, empezó a hurgar en datos que están preparando para la votación de la ley de compatibilidad genética. Esa fue la evidencia de que ya se habían dado cuenta de todo. Ahora quiero que hagas un trabajito —cuando dice trabajito Cadosa sonríe.

—Quiero que vayas a los medios y cuentes lo que encontraste en VotoOnLine. Nosotros nos vamos a quedar con Andrea. Si hoy aparece algo en los medios, te la llevás sana y salva —Cadosa vuelve a sonreír y me encantaría saber por qué.

Cuando vuelva de hacer mi parte me van a matar. Me van a matar. Esto pondría en evidencia lo hecho por el partido conservador. Algo no me cierra. Tal vez quiere que delate a VotoOnLine sin pegarlo al partido. No puedo ocultar mi curiosidad y mi confusión. Está mi vida en juego. Como asumiendo que están al tanto de mis pensamientos digo:

—Si voy a los medios es el final del Partido Conservador. ¿Qué busca usted con eso?

En ese momento el viejo saca una pistola nueve milímetros, de las que ya no se usan más desde que apareció la punto cuarenta. Tiene un silenciador.

Me apunta y en lugar de sentir miedo, siento desconcierto. Miro al arma fijamente, como tratando de espiar por adentro del caño. Espero resignado el fogonazo del final. Cadosa y Pérez, al costado de la escena, sonríen.

En un movimiento preciso, de alguien que se ha pasado la vida tirando, el viejo cambia de objetivo, apunta a Pérez y le dispara en la frente e inmediatamente dispara sobre Cadosa con la misma precisión. La acción es tan rápida y tan inesperada, que los dos caen guardando una cierta simetría. Cadosa no tuvo tiempo de asustarse e intentar escapar. Los dos cayeron boca arriba. Los dos nadan en un charco de sangre, cada vez más grande, que en pocos segundos se hace uno solo.

Entonces Vittel les regala un tiro de gracia a cada uno. Un arma con silenciador ahoga el ruido del disparo pero no la rotura de los huesos de la víctima. Especialmente en este caso, donde los dos remates fueron en el cráneo. Yo miro la escena absorto, sin saber si vamos a morir todos en los próximos instantes.

— Estas dos lacras… – dice y se queda paralizado. Y cuando dice lacras pronuncia cada consonante con bronca. No, no es bronca, es odio. No, no es odio, es desprecio. Durante su silencio me parece ver que tiene los ojos llenos de lágrimas pero no, no tiene los ojos llenos de lágrimas, apenas lagrimea.

—Yo soy un tipo derecho. Alguna vez fui paramilitar y limpié la calle de lacras como estas. A estos dos los contraté para que te metieran en un baúl y te llevaran a la quinta de un amigo. Yo, que mataba a bazofias así, terminé contratándolos. No podía secuestrarte yo. En ese momento necesitaba que averiguaras. En la quinta te iban a decir que te había secuestrado quien te contrató para controlar a VotoOnLine. Que tu trabajo iba bien, pero que tenías que llegar a la plataforma, a la pata técnica.

No puedo no interrumpirlo.

— ¡Y llegué!

— Y claro que llegaste. Sos un buen detective.

Gira la vista hacia Andrea y sigue:

— Y parece que tenés un buen equipo. Pero el día del secuestro hiciste tu acto de Howdini y me enquilombaste todo. De ahí en más se me pegaron estas sanguijuelas... Que no te iban a dejar tranquilo.

Otra vez hace un silencio. Ahora sí, no entiendo qué pasa. El tipo me contrató para investigar a una empresa que hace votaciones en líneas y comete fraude con los conservas. Después me secuestró para guiarme, asesinó a sus hombres y ahora quiere que vaya a los medios.

—Yo soy un tipo derecho. Y hoy te salvé la vida. Quiero que cuentes todo esto. No puedo soportar más lo que hicimos estos últimos años. Ganamos todas las elecciones, promulgamos todas las leyes que quisimos. No puedo vivir con esto. Vos lo tenés que contar. Yo pensaba que si hoy ibas a los medios mientras teníamos a Andrea acá, iba a lograr que te esmeraras. Pero ya no podía confiar en estos tipos. Te iban a violar a tu mujer. Vos me debés la vida y tenés que contar todo esto. En mi bolsillo hay una carta dirigida al juez.

Ahora entiendo todo. El viejo se quiere confesar antes de matarse. Y quiere que yo cuente su historia. Es mi turno:

—Yo voy a contar su historia porque soy un tipo derecho. Porque el sistema de votación es lo más sagrado que tenemos. Me va a meter en algún kilombo con esto. Pero todo sea por tener un país sin conservadores corruptos. Usted se ha corrompido, Sr Vittel.

El viejo me mira con compasión. No se siente ofendido. Mi insulto es su perdón. Es lo que quería escuchar. Me habla una vez más:

—Hay una cámara ahí, mirá. No servirá de prueba pero entre eso y la carta vas a zafar. Hay un chofer en el estacionamiento que te va a llevar a donde quieras y no se va a sorprender por llevar a una piba dormida. Si sos derecho, nos vemos en el cielo. Todo esto lo confesé con mi sacerdote.

No puedo no desviar la mirada hacia los dos cadáveres. No hace falta que yo diga nada.

— Matar a uno de estos, es un acto de justicia. Te repito: nos vemos en el cielo. Me voy como Favaloro. Y acordate, me la debés.

Entonces se sienta, se acomoda el traje y se pega un tiro en el corazón. Mientras agoniza me mira, me ruega sin decir nada. Tengo ganas de decirle que no creo en el cielo, y que si creyera no sé si quiero terminar ahí. Pero por sobre todo, que él debería cocinarse en el infierno. Entonces tomo aire, lo miro a los ojos y le digo:

—Yo voy a contar su historia. Buen viaje.

Cierra sus ojos.

Epílogo

Andrea se despertó en casa, acostada en la cama y dudó de todo lo que pasó en la sede de la calle Humberto Primo. Al menos al principio.

La policía me tuvo declarando durante muchas horas, nunca fui imputado, siempre fui testigo.

El partido conservador hoy tiene una nueva mancha. En las próximas dos o tres elecciones para el ejecutivo, si se presentan, les va a ir mal. Luego, el pueblo olvida, el pueblo siempre olvida.

El diario *Página 12*, que estaba a punto de desaparecer, volvió a revivir contando la historia del viejo Vitel. Todo el material lo suministré yo.

La democracia directa sufrió un revés, probablemente no siga avanzando hacia los otros dos poderes. Se frenó, pero no retrocedió. Llego para quedarse. Los que como yo, preferimos la democracia representativa, seguiremos anhelando aquellos buenos viejos tiempos en los cuales los representantes nos representaban, valga la redundancia.

Índice

Este libro se terminó de imprimir en Buenos Aires,
en la primavera de 2016
(Noviembre 2016 - Talleres Gráficos BonusPrint)

www.ingramcontent.com/pod-product-compliance
Lightning Source LLC
Chambersburg PA
CBHW021152130626
46554CB00005B/1780